ro
ro
ro

ro
ro
ro

Mit Illustrationen
von Cornelia Haas

Sabine Both

Kim Krabbenherz

pfeift auf die Schule

Rowohlt Taschenbuch Verlag

Für Karolin und Robert

Originalausgabe

Veröffentlicht im Rowohlt Taschenbuch Verlag,
Reinbek bei Hamburg, September 2007
Copyright © 2007 by Rowohlt Verlag GmbH,
Reinbek bei Hamburg
Lektorat Silke Kramer
Umschlag- und Innenillustrationen Cornelia Haas
Umschlaggestaltung any.way, Andreas Pufal
Satz Plantin PostScript (InDesign)
bei KCS GmbH, Buchholz bei Hamburg
Druck und Bindung Clausen & Bosse, Leck
Printed in Germany
ISBN 978 3 499 21391 5

Das beste Leben
überhaupt

Kims Leben in Portugal war das Beste, das ihr euch vorstellen könnt! Sie wohnte am Meer in Mamas Strandbar, zusammen mit dem Faulpelz Marco und ihrem geliebten Hund Rasputin. Sie musste nicht zur Schule gehen und konnte den ganzen Tag lang tun und lassen, was sie wollte. Am liebsten spielte Kim in ihrer Purzelbaumdüne, wo sie mit unzähligen Muscheln und buntem Strandgut einen wunderschönen Drachen erschaffen hatte, den sie auf den Namen *Fauch* taufte.

Eines Tages kam Mama nicht von ihrem Fischfang zurück, aber Kim machte sich keine Sorgen, denn für sie war der Grund für die Verspätung glasklar: Mama hatte eine riesige Dorade an der Angel, die ihr kleines Boot in die falsche Richtung über das Meer gezogen hatte. Fauch hatte Mama mit eigenen Augen gesehen und Kim die Neuigkeiten im Traum erzählt.

Ihr wisst es wahrscheinlich aus eigener Erfahrung: Erwachsene glauben dummerweise weder daran, dass Muscheldrachen fliegen können, noch, dass man in Träumen die Wahrheit erfährt. Und so kam es, dass Faulpelz Marco plötzlich mit einer besenstielgeraden Frau aus Deutschland auftauchte, die behauptete, Kims Großmutter zu sein und ab jetzt die Verantwortung für Kim zu tragen.

Nicht einmal Weglaufen nützte etwas. Die Großmutter hatte die Polizei auf ihrer Seite und längst über Kims Kopf hinweg entschieden, dass Kim mit ihr nach Berlin fliegen sollte, um endlich angemessene Bildung und Erziehung zu bekommen.

Ihr könnt euch vorstellen, wie schrecklich es für Kim war, als sie zu allem Überfluss auch noch Rasputin zurücklassen musste. Nicht mal Fauch schaffte es, dem viel zu schnellen Flugzeug hinterherzufliegen. Jetzt gab es niemanden mehr, der Kim Neuigkeiten von Mama bringen konnte, und Kim war in der fremden Stadt ganz auf sich alleine gestellt.

In Berlin gab es zu Kims Verwunderung weder Meer noch Strand, dafür aber ein ungemütliches Haus und die verrücktesten Regeln. Eine davon war der Großmutter besonders wichtig: Kim sollte auf keinen Fall das hinterste Zimmer auf dem Flur betreten. Dort lebte nämlich der Großvater, und der war, nach allem, was Kim von der Großmutter gehört hatte, nicht bei bester Gesundheit und obendrein ein schlimmer Kinderhasser. Ein schlimmer Kinderhasser allerdings passte Kim bestens in den Kram. Denn wenn Kim den Kinderhassergroßvater nur genug störte, dann würde er sie bestimmt zurück nach Hause schicken!

Als Kim sich dann eines Tages heimlich in das Zimmer des Großvaters schlich, wunderte sie sich aber sehr: Der Großvater war gar kein Kinderhasser. Er war vielmehr einer, der mit seiner Maus Amigo sprach, an fliegende Drachen glaubte und sich an fast gar nichts mehr erinnern konnte, nicht mal daran, dass er einmal eine Tochter gehabt hatte.

Die beiden schlossen sich sofort ins Herz. Und als Kim herausfand, dass der Großvater sich genau wie sie selbst schrecklich nach dem Meer sehnte, war Kims Plan schnell gefasst: Sobald die Großmutter aus dem Haus war, machte Kim sich mit dem Großvater auf den Weg zum Flughafen, um endlich zurück nach Portugal zu fliegen, zur Strandbar, zum Meer, zu Marco und vor allem zu Rasputin, der die ganze Zeit darauf aufgepasst hatte, dass Fauchs Flügel unversehrt blieben, damit Kim ihren Drachen im Traum endlich wieder losschicken konnte, um Neuigkeiten von Mama einzuholen.

Zusammen
zurück zu Hause

Kaum hatte Kim die Augen aufgeschlagen, da wusste sie es schon: An diesem Morgen war etwas anders.

Die Luft war es nicht. Die roch wie immer nach Meer und Strand. Auch die Sonne tat nichts Ungewöhnliches. Sie streckte ihre goldenen Finger durch die Ritzen der Jalousien und kitzelte Kim an der Nase. Und Rasputin lag da, wo er hingehörte, zusammengerollt zwischen Kims Füßen.

Anders waren an diesem Morgen einzig und allein die Geräusche. Zwischen dem Rauschen der Wellen, dem Klimpern des Windspiels und dem Gebrabbel aus Marcos Radio war etwas zu hören, das es hier vorher noch nie zu hören gegeben hatte: Großvaters Lachen.

«Er ist wirklich da!», rief Kim, kitzelte Rasputin mit der dicken Zehe wach und kletterte aus dem Bett, um wie ein Sandfloh aus dem Fenster auf den Strand zu springen.

Als sie zusammen mit Rasputin auf die Veranda zulief, sah sie, dass nicht Marco in Mamas altem

Schaukelstuhl saß, sondern der Großvater. Und als Kim näher kam, konnte sie erkennen, dass er gerade dabei war, aus Marcos trockenen Tabakbröseln eine Zigarette zu drehen, über die Marco nur so staunte.

«Die hat ja gar keinen schwangeren Bauch», sagte Marco verwundert, und der Großvater ließ wieder sein glucksendes Lachen hören.

«Es reicht schon, wenn ich einen Bauch habe», kicherte er, reichte Marco die Zigarette und lehnte sich zum Schaukeln in den Stuhl zurück.

«Früher», sagte er dann und schaute dabei in den Himmel, als wäre dort all das zu sehen, was der Großvater vergessen hatte, «da habe ich auch mal geraucht. Zigarren. Aus Kuba. Sehr lecker. Aber dann hat *sie* mir das Rauchen irgendwann verboten.»

«Sieht so aus, als würde Ihre Frau eine Menge verbieten», murmelte Marco, steckte die Zigarette an und paffte formvollendete Kringel in die Luft.

Den ersten fing Rasputin mit der Schnauze, den zweiten schnappte sich Kim mit der Faust.

«Guten Morgen!», rief der Großvater fröhlich, ließ Kim auf seinen Schoß krabbeln und strich ihr die wirren Haare aus der Stirn.

«Als ich heute Morgen wach wurde, wusste ich

gar nicht, wo ich bin», erzählte er dann. «Ich kannte das Bett nicht, ich kannte das Zimmer nicht, und auch die Geräusche waren so anders.»

Kim zuppelte die lange Haarsträhne, die der Großvater sich über die glänzende Glatze gekämmt hatte, zu einer Wurst zusammen und strich sie nach oben. Jetzt sah der Großvater aus wie ein kugelrundes Einhorn.

«Hast du gedacht, du träumst?», fragte Kim.

Sie kannte dieses Gefühl nur zu gut. Kim selbst hatte, sich eben beim Aufwachen noch wie verrückt darüber gefreut, dass weder die Strandbar noch Marco, noch der Großvater ein Traum waren, aus dem sie jeden Moment aufwachen konnte, um sich in dem viel zu großen Bett in Berlin wiederzufinden.

«Ja», lachte der Großvater. «Ich habe wirklich gedacht, ich träume. Aber dann hat Amigo in seinem neuen Pappkarton-Bett geraschelt, und mir ist alles wieder eingefallen.»

Erst jetzt entdeckte Kim, dass Amigo es sich in Großvaters Hemdkragen gemütlich gemacht hatte und an einem Stück Apfel knabberte.

«Ich habe mich daran erinnert, dass ich im Meer gebadet habe», sagte der Großvater. «Dass wir in der Düne ein Lagerfeuer gemacht haben. Und dass die Muschelaugen von deinem Drachen genauso hell geleuchtet haben wie die Sternschnuppen.»

Als der Großvater jetzt wieder zum Himmel hochguckte, fiel das Einhorn aus Haaren wie eine abgeknickte Antenne nach unten.

«Und mir ist auch noch eingefallen, dass *sie* nicht mit uns hierhergeflogen ist», murmelte der Großvater und machte ein Gesicht, aus dem Kim nicht wirklich schlau wurde.

Ein bisschen sah es aus, als wäre der Großvater glücklich darüber, dass die Großmutter weit weg in Berlin war, ein bisschen, als wäre er aus unerfindlichen Gründen darüber traurig. Kim musste schnell dafür sorgen, dass der Großvater sich für das glückliche Gesicht entschied.

«Und dann ist dir sicher auch wieder eingefallen, dass wir hier immer tun und lassen können, was wir wollen», sagte Kim. «Dass wir gestern einfach so in der Purzelbaumdüne eingeschlafen und erst mitten in der Nacht in die Betten gekrabbelt sind. Dass hier morgens nie der Wecker klingelt und keiner sagt ...»

Kim verstellte die Stimme und hörte sich jetzt genauso streng an wie die Großmutter: «Jeden Tag ein Kreuzworträtsel, jeden Tag ein paar Rechenaufgaben!»

Jetzt hatte in Großvaters Gesicht wieder alles seine Ordnung. Die Augen strahlten, und um seine Mundwinkel herum tanzte ein glückliches Lachen.

«Du hörst dich genau an wie sie!», sagte er. «Täuschend echt.»

Und weil der Großvater sich über die täuschend echte Großmutter so gut amüsierte, gab Kim gleich noch eine Zugabe. Sie stolzierte wie ein Besenstiel über die Veranda, strich mit dem Finger angewidert über die salzverkrustete Balustrade und zog den Mund genau wie Großmutter zu einem säuerlichen Strich zusammen.

«Das muss alles bei hundert Grad gewaschen werden!», zeterte Kim. «Schnell! Schnell! Wer weiß, was für schreckliche Krankheiten man sich hier holen kann!»

Kim machte ihre Sache so gut, dass Rasputin ihr ein missmutiges Knurren zuwarf. Der Großvater und Marco allerdings kringelten sich vor Lachen.

«Weißt du was!», sagte der Großvater, als Kim zurück auf seinen Schoss krabbelte. «Es gab doch etwas, das mir vertraut vorkam, als ich aufgewacht bin. Nichts, was zu sehen, und auch nichts, was zu hören ist. Ich habe es gerochen. Es war süß, ein bisschen wie Zimt mit Vanille. Und es kam aus den Kissen in meinem Bett. Was war das bloß?»

Kim wusste sofort Bescheid.

«Das war Mamas Duft», sagte sie. «Du hast in Verenas Bett geschlafen, und das riecht natürlich nach Verena.»

«Verena», murmelte der Großvater und nickte, sodass die abgeknickte Antenne auf seiner Glatze auf und ab wippte. «Verena … hm … das ist meine Tochter, richtig?»

Kim nickte zustimmend, drehte Großvaters Antenne zu einem Nest zusammen, nahm Amigo aus dem Hemdkragen und setzte ihn hinein.

«Wieso schläft Verena denn nicht selbst in ihrem Bett?», fragte der Großvater.

«Weil Mama gerade nicht da ist», sagte Kim geduldig.

Manche Dinge musste Kim dem Großvater einfach immer wieder neu erzählen, weil sie in seinem Kopf nur eine kleine Stippvisite abhielten, um sich dann in Luft aufzulösen.

«Weil sie nicht da ist», murmelte der Großvater. «Das ist natürlich ein Grund.»

Und dann sagte keiner mehr was, und Kim schaute von einem zum anderen, um herauszufinden, was sie wohl gerade dachten.

Nach einem Blick auf die langen Sabberfäden, die aus Rasputins Mund hingen, war Kim sich sofort sicher: Rasputin grübelte über eine Dauerwurst zum Frühstück nach.

Und Marco schielte so sehnsüchtig Richtung Bar, dass auch seine Gedanken leicht zu erraten waren: Er träumte von einer Bierflasche, die auf eigenen Beinen aus dem Kühlschrank sprang und zu ihm herüberrannte.

Der Großvater guckte Marcos formvollendeten Kringeln nach, die Richtung Meer wehten, als wollten sie zu den kleinen Wattewolken fliegen, die heute am Horizont für Abwechslung sorgten. Bestimmt fiel ihm gerade wieder ein, wie leuchtend rot Mamas Haare waren.

Und Kim selbst dachte zufrieden an ihren nächtlichen Traum.

Als Marco schließlich einsah, dass es nun mal keine Bierflaschen mit Beinen gab, und sich stöhnend auf den Weg Richtung Kühlschrank machte, flüsterte Kim dem Großvater etwas über ihren Traum ins Ohr.

«Mama ist mittlerweile in Afrika angekommen», wisperte sie. «Fauch hat es mir heute Nacht erzählt.»

«Hat dein Drache auch erzählt, wie Verena nach Afrika gelangt ist?», fragte der Großvater.

«Sie hatte doch diese riesige Dorade an der Angel», sagte Kim. «Und die hat Mamas kleines Boot bis nach Afrika gezogen.»

«Tatsächlich?», fragte der Großvater.

«Ja, wirklich!», sagte Kim. «Eigentlich wollte Mama die Dorade ja nach Hause bringen, um den Fischern im Dorf zu zeigen, dass auch Frauen tolle Fänge machen können. Aber jetzt hat sie es sich anders überlegt.»

«Warum?», fragte der Großvater.

«Weil die Leute in Afrika zu Mamas Ehren ein riesiges Fest gefeiert haben», sagte Kim. «Sie haben genau wie wir gestern ein Lagerfeuer gemacht. Und da hat Mama sich gedacht, dass es eine gute Idee wäre, die Dorade mit ihren neuen Freunden zu grillen. Sozusagen als Gastgeschenk.»

«Das ist allerdings eine gute Idee», nickte der Großvater.

«Mama hat immer gute Ideen», sagte Kim. Und als Marco mit einem Bier und zwei Eis am Stiel zurück auf die Veranda trat, legte sie dem Großvater den Zeigefinger auf die Lippen.

«Marco muss von alldem nichts wissen», flüsterte Kim. «Er glaubt nicht an so was.»

«Verstehe», sagte der Großvater.

Und dann guckte er wieder in den Himmel, um in den Wattewolken, die es mittlerweile vom Horizont bis über die Strandbar geschafft hatten, nach noch mehr verlorengegangenen Erinnerungen zu suchen.

Blitz und Donner

So was konnte also aus kleinen harmlosen Wattewolken werden! Klammheimlich hatten sie sich im
Laufe des Vormittags zusammengerottet und ein
riesiges Wolkengebirge in den Himmel über dem
Strand gebaut.

Und als Kim und Rasputin in der Purzelbaumdüne Fauchs Muschelschuppen mit einem Polier-
tuch auf Hochglanz brachten, mischte sich in das
Watteweiß zu allem Überfluss auch noch jede
Menge Griesgrämiggrau.

«Verflixt», sagte Kim. «Das sieht verdammt nach
Regen aus.»

Und als hätten die Wolken Kim gehört, schick-
ten sie im selben Moment eine kalte Brise in die
Purzelbaumdüne. Dann noch eine. Und als Nächstes einen ausgewachsenen Wind, der Kim und Rasputin die Haare zu Berge stehen ließ und sogar den
Sand für einen Moment in Unordnung brachte.

Kim warf einen besorgten Blick auf Fauch.

«Was meinst du», fragte sie Rasputin, «Drachen
und Wind, verträgt sich das?»

Rasputin klemmte den Schwanz ein und ließ ein Jaulen hören, das selbst beim besten Willen nicht als ein *Ja* durchgehen konnte.

«Dann müssen wir Fauch eben vor dem Wind schützen», entschied Kim. «Und vor dem Regen auch. Wer weiß, ob Regen nicht das Feuer in seinen Nasenlöchern löscht.»

Also besorgte Kim aus der Abstellkammer hinter der Bar ein paar ausgemusterte Sonnenschirme, und Rasputin buddelte mit den Vorderpfoten tiefe Löcher, damit Kim die Schirme fest im Sand verankern konnte.

Als sie fertig waren, guckte Kim misstrauisch in den gelbweißen Stoffhimmel.

«Löcher!», sagte sie. «Da sind ja überall Löcher drin.»

Also lief Kim noch einmal zur Abstellkammer und fand zwischen leeren Konservenbüchsen mit verrosteten Angelhaken und Marcos ausgelatschten Wanderschuhen den Eimer mit Teer.

Wenn Mama mit Teer lecke Boote wieder dichtmachen konnte, dann würde Kim mit Teer auch die Sonnenschirmlöcher stopfen können!

Zurück in der Purzelbaumdüne schmierte Kim mit einem Spachtel so lange Teer auf die Löcher in dem gelbweißen Stoff, bis er fast gar nicht mehr gelbweiß war. Und auch Kim war fast gar nicht mehr Kim-farben. Der Teer hatte sich an ihren Händen, ihren Armen und ihren Beinen festgeklebt und war nicht einmal durch kräftiges Rubbeln mit Sand zu vertreiben.

«Ich muss die Wurzelbürste nehmen», entschied Kim, vergewisserte sich noch einmal, dass Fauch

jetzt gut geschützt war, und rannte mit Rasputin Richtung Strandbar, um sich unter der Dusche so doll abzuschrubben, dass selbst die pingeligste Großmutter ihre Freude daran gehabt hätte.

Auf der Veranda angekommen, trafen die beiden auf Marco und den Großvater, die ihre Köpfe über ein Schachbrett gebeugt hatten und sehr grübelig aussahen.

«Ich wusste doch, dass ich das mal konnte!», freute der Großvater sich gerade, ließ seine Dame über das Spielbrett wandern, warf kurzerhand Marcos Pferd aus dem Rennen und brach in wildes Lachen aus.

«Ich glaube mittlerweile, dein Großvater stellt sich nur vergesslich», wisperte Marco Kim zu. «Und ich muss sagen, sich vergesslich zu stellen ist gar kein schlechter Trick. Sozusagen ein Bluff, um den Gegner im Sicheren zu wiegen.»

Marco runzelte ärgerlich die Stirn. Dann schien ihm ein Licht aufzugehen.

«Und es ist auch ein guter Trick, um sich vor Sachen zu drücken, die einem nicht gefallen», sagte er erfreut. «Wenn du morgen wieder von mir willst, dass ich die Bar aufmache und die Gäste bediene, sage ich einfach, ich hätte vergessen, wie das geht!»

Kim schüttelte seufzend den Kopf. Die Wochen harte Arbeit hatten Marco kein bisschen verändert. Er war noch immer faul bis in die Zehenspitzen. Aber eigentlich war das auch gut so. Kim hatte die Zeit bei der Großmutter schließlich auch nichts anhaben können. Sie war zum Glück immer noch die gute alte Kim.

«Ich geh dann mal duschen!», sagte sie.

Und mit einem Blick auf Rasputin, der gerade verzweifelt versuchte, sich einen dicken Klecks Teer aus dem Fell zu beißen, fügte sie hinzu: «Und Rasputin muss mit.»

Noch ehe der wasserscheuste Hund der Welt Reißaus nehmen konnte, hatte Kim ihn auch schon an den Ohren geschnappt, schleifte ihn zur Freilichtdusche hinter dem Haus und stellte sich, Rasputin zwischen die Beine geklemmt, unter den kühlen Schauer.

Die Wurzelbürste hatte schon fast keine Borsten mehr, als Kim endlich den Teer von sich und Rasputin geschrubbt hatte. Schweinchenrosa war Kims Haut jetzt und Rasputin so glattgekämmt wie nach seinem Frisörbesuch.

Kim drehte den Wasserhahn ab, doch zu ihrer Verwunderung wollte das Tropfen und Prasseln nicht aufhören.

«Komisch», sagte Kim.

Und erst, als sie Richtung Duschkopf schielte und dabei den griesgrämig grauen Himmel sah, kapierte sie, was los war: Es regnete. Und zwar wie aus Eimern.

Weil jetzt gar kein Strahl Sonne mehr zu sehen war, der Kim und Rasputin hätte trockenscheinen können, entschied Kim, dass ein warmes Bett in so einer Situation die beste Lösung war.

Kaum war Kim unter die Decke gekrochen, wickelte Rasputin sich um ihre Füße, und Kim schloss die Augen, um ihre Gedanken auf Reisen gehen zu lassen. Dahin, wo jetzt ganz bestimmt kein schlechtes Wetter war. Nach Afrika.

Bestimmt lag Mama dort gerade genüsslich am Strand und versuchte beim Sonnenbaden so eine schokoladenfarbene Haut wie ihre neuen Freunde zu bekommen. Kim konnte es genau vor sich sehen. Auf Mamas Nase hatten sich sechs neue Sommersprossen gebildet und auf den Wangen ein klitzekleiner Sonnenbrand. Und als Kim Mama in Gedanken tief in die Augen schaute, da fiel es ihr plötzlich wieder ein.

«Die Briefe!», rief Kim aufgeregt, holte unter dem Bett die unausgepackte Reisetasche hervor und fischte das zusammengezurrte Bündel raus.

«Ob die Großmutter schon gemerkt hat, dass ich ihr die Briefe aus dem Sekretär gemopst habe?», fragte sie Rasputin.

Aber weil der nur ein müdes Schnarchen für Kim übrig hatte, schluckte sie das kleine bisschen schlechtes Gewissen schnell runter und band die Schleife auf, um ihre Neugierde nicht länger auf die Folter zu spannen.

«Ich muss einfach wissen, was drin ist», murmelte sie und nahm sich den ersten Umschlag vor. «Immerhin sind die Briefe von Mama. Und wenn Oma sie nicht öffnen wollte, hat sie sicher nichts dagegen, dass ich es mache. Und wenn doch, auch egal!»

Kim faltete aufgeregt den ersten Bogen auseinander, aber zu ihrer Enttäuschung war nichts weiter zu sehen als Mamas Handschrift. Keine einzige Zeichnung.

«So ein Mist», murmelte Kim, doch nachdem sie einen Bogen nach dem anderen auseinandergefaltet hatte, verflog ihre schlechte Laune wieder.

Denn auch wenn Kim nicht ein Wort von all den vielen Wörtern lesen konnte, verstand sie doch etwas vom Inhalt der Briefe: Sie konnte genau sehen, was Mama beim Schreiben der vielen Wörter gefühlt haben musste. Jede Menge Durcheinander-Gefühle!

Mal waren die Buchstaben ganz ordentlich aneinandergereiht, mal unentschieden schief und krumm, dann wieder viel zu groß, als wollten sie laut schreien.

Einen Brief nach dem anderen riss Kim auf und ließ ihre Augen über das Buchstabenmeer gleiten. Hier war Mama beim Schreiben traurig gewesen, da wütend, dort glücklich und am Ende ganz durcheinander.

Kim seufzte. Zu gerne hätte sie gewusst, was Mama traurig, wütend, glücklich und durcheinander gemacht hatte. Und deshalb wünschte Kim sich das erste Mal in ihrem Leben, sie wäre wie alle anderen Kinder in ihrem Alter schon in der Schule und könnte lesen.

Als Kim den allerletzten Bogen auseinanderfaltete, fiel etwas direkt in ihren Schoß. Ein Foto.

«Das bin ja ich», rief Kim so aufgeregt, dass selbst Rasputin aus dem Schlaf hochschrecke.

Kim hielt ihm das Foto vor die Nase.

«Guck mal!», sagte sie. «Da bin ich gerade erst geboren. Ich habe eine Glatze wie der Großvater. Das war zu einer Zeit, als du noch gar nicht auf der Welt warst, Rasputin.»

Nicht auf der Welt zu sein, das konnte Rasputin sich allerdings gar nicht vorstellen und klappte deshalb gelangweilt die Augen zu.

Im nächsten Moment allerdings riss er sie wieder auf. Ganz weit. So weit, dass um seine braune Iris herum jede Menge Weiß zu sehen war.

Nur eins konnte Rasputin so sehr erschrecken: Donner!

«Jetzt geht es los!», freute sich Kim, die ganz im Gegenteil zu Rasputin nicht die Bohne Angst vor Gewittern hatte.

Kim liebte dieses Höllenspektakel über alles und sprang sofort zum Fenster, um nichts von dem Schauspiel zu verpassen.

Draußen war es jetzt so dunkel, als wenn die Nacht schon angefangen hätte. Alle paar Sekunden jedoch wurde es taghell. Noch heller. So hell wie Sonnenstrahlen, die auf Glasscherben fallen. Die Blitze schnitten den Himmel in Stücke, flackerten über den aufgebrachten Wellen und verirrten sich sogar bis auf den Strand.

«So ein Gewitter habe ich noch nie gesehen!», rief Kim, aber Rasputin konnte sie nicht hören.

Nicht nur, dass er sich unter die Bettdecke geflüchtet hatte, obendrein waren die Donner, die auf jeden Blitz folgten, jetzt so ohrenbetäubend laut, dass nicht mal Kim selbst sich hören konnte.

«Wir gehen zu den anderen!», entschied Kim, weil schöne Dinge gemeinsam immer noch viel schöner wurden, riss die Bettdecke weg, schnappte sich Rasputin mit beiden Armen, atmete tief durch und hob ihn hoch.

«Mensch, Rasputin, du bist zu dick!», keuchte sie und schleppte das zitternde, jämmerlich jaulende Fellbündel aus dem Zimmer.

In der Bar angekommen, sah sie, dass Marco

und der Großvater sich die Nasen an der Verandatür plattdrückten.

«Ist das nicht toll!», rief Kim.

«Ja!», lachte der Großvater und klatschte vor Ver-
gnügen in die Hände.

Marco allerdings sah gar nicht glücklich aus.

«Ich weiß nicht», sagte er und schaute misstrauisch zur Zimmerdecke. «Das hört sich nicht gut
an.»

Und dann hörte Kim es auch, in den Pausen zwischen den dröhnenden Donnern: das jämmerliche
Stöhnen und Knirschen des Dachs, noch viel jämmerlicher als Rasputins jämmerliches Jaulen.

Nur die Sonne
über dem Kopf

Als Kim wach wurde, war nichts so, wie es sein sollte. Unter ihrem Bauch war nicht etwa die weiche warme Matratze, sondern etwas Hartes, Kaltes. Überhaupt war alles an Kim kalt. Und das lag daran, dass alles an Kim nass war. Sogar Rasputin, der sich eng an Kims Seite geschmiegt hatte, war nass wie ein vollgesogener Schwamm.

Und als Kim die Augen aufschlug, sah sie vor sich auf dem Steinboden das nasse Gesicht des Großvaters. Und der guckte genauso erstaunt aus der Wäsche wie Kim. Besonders erstaunt guckte er, als sich plötzlich von hinten ein nasser Männerarm um seinen Bauch schlang. Marcos Arm.

So was Verrücktes! Alle vier lagen eng zusammengekuschelt unter dem Tresen in der Bar.

«Wieso ...?», fragte Kim, aber dann fiel es ihr plötzlich von ganz alleine wieder ein.

Oje! Das war alles gar kein Traum gewesen. Das war alles wirklich passiert. Das jämmerliche Stöhnen und Knirschen des Dachs, noch viel jämmerlicher als Rasputins jämmerliches Jaulen.

Der schreckliche Krach, als das Wellblech wie eine winzige Sardinendose aufgerollt wurde. Die dicken Hagelkörner, die plötzlich auf Kim, Rasputin, Marco und den Großvater einprasselten. Und dann Marcos Schrei: *Los! Unter den Tresen!* Alles war wirklich, ganz in Echt passiert.

«Das Dach ist weg!», rief Kim aufgeregt. «Erinnerst du dich, Großvater? Es ist einfach weggeflogen!»

Kim schüttelte an Marcos Arm, bis der ein unwilliges Schnauben von sich gab.

«Marco. Das Dach ist weg!», rief sie noch einmal.

Dann wagte sie sich unter dem Tresen hervor.

«Ach herrje!», war das Einzige, was Kim zu diesem Anblick einfiel.

Absolut nichts stand mehr da, wo es hingehörte. Die Stühle waren in die Ecke geschleudert worden und hatten alle mindestens je ein Bein verloren. Die Tische lagen kreuz und quer verstreut wie umgekippte Krabben auf dem Rücken. Mamas selbstgetöpferte Kerzenleuchter, Flaschen und Aschenbecher bedeckten den gesamten Boden, der eine einzige Pfütze voller Scherben war. Und auf das ganze Chaos lachte die Sonne von einem blitzeblauen Himmel durch das Loch, das einmal das Dach gewesen war, als wenn nichts geschehen wäre.

Nachdem auch Marco, Rasputin und der Großvater unter dem Tresen hervorgekrabbelt waren, sah Kim in ihren fassungslosen Gesichtern, dass keiner von ihnen wusste, was es jetzt zu tun galt.

«Wir müssen aufräumen!», entschied Kim deshalb kurzerhand. «Was denkt ihr wohl, was Mama sagt, wenn sie nach Hause kommt und so ein Chaos vorfindet!»

«Aufräumen?», fragte Marco und verdrehte die Augen. «Wo sollen wir denn anfangen? Und wo soll das jemals aufhören?»

Und auch wenn Marco ein schrecklicher Faulpelz war, der sich nur zu gerne vor jeder Arbeit drückte, hatte er in diesem Fall ausnahmsweise mal recht.

«Trotzdem!», entschied Kim.

Aber gerade als sie anfangen wollte, die ersten Scherben aufzuheben, ließ der Großvater einen spitzen Schrei los.

«Amigo!», rief er, raufte sich vor lauter Schreck seine pitschnasse Haarsträhne und rannte Richtung Mamas Schlafzimmer.

Kim, Marco und Rasputin stürzten hinterher und fanden den Großvater auf allen vieren.

«Amigo ist weg!», jammerte er.

Kims Blick wanderte zum Nachttisch. Aber das, was einmal Amigos Karton-Bett gewesen war, war nur noch ein Klumpen aufgeweichter Pappe, in dem Marco jetzt mit dem Zeigefinger herumstocherte.

«Du denkst doch nicht etwa, Amigo ist da drin?», fragte Kim leise.

Marco zuckte mit den Schultern und stocherte so lange, bis der ganze Pappberg plattgedrückt war.

«Nein, hier ist er nicht», sagte er dann erleichtert und hockte sich mit Kim zu dem Großvater auf den Boden, um jeden Winkel des Zimmers nach Amigo abzusuchen.

Vergebens.

«Was jetzt?», fragte der Großvater ratlos.

Marco fiel lediglich Schulterzucken ein, aber Kim wusste genau, was es jetzt zu tun galt.

«Wir warten, bis Amigo von alleine zurückkommt», sagte Kim. «Bestimmt hat er ein gutes Versteck gefunden und traut sich nur nicht wieder raus. Lassen wir ihm ein Weilchen, um neue Kraft zu schöpfen.»

Der Großvater nickte hoffnungsvoll. Marco allerdings machte ein Gesicht, aus dem Kim genau ablesen konnte, was er dachte: Die Maus ist futsch, und zwar für immer!

Aber wen interessierte schon, was Marco über das Verschwinden dachte. Er konnte ja nicht mal glauben, dass Mama bald zurückkommen würde.

Um endgültig alle trüben Gedanken zu verscheuchen, klatschte Kim unternehmungslustig in die Hände.

«Das ist der Plan!», sagte sie. «Jeder räumt erst mal sein eigenes Zimmer auf. Und danach ist die Bar dran!»

Und auch wenn Marco zuerst ein sehr missmutiges Grummeln von sich gab, stimmte er doch zu. Irgendwo mussten sie schließlich anfangen!

Als Kim in ihr Zimmer tapste, wünschte sie sich allerdings, sie hätte es schon hinter sich.

Kims Zimmer war ein einziges Chaos. Das Mobile aus Fischgräten, das normalerweise über Kims Bett baumelte, hatte sich in den Jalousien verfangen, die selbst gar nicht mehr wie Jalousien aussahen, sondern wie abgenagte Fischgräten. Der Kleiderschrank stand sperrangelweit auf und hatte Kims Shorts und T-Shirts in alle Zimmerecken gespuckt. Die Matratze war vom Bett geflogen und stand triefend an die Wand gelehnt. Erst auf den zweiten Blick erkannte Kim in dem pitschnassen Haufen, der mitten im Zimmer lag, die Überbleibsel von Mamas Briefen.

«Oh, nein!», rief Kim erschrocken und stocherte wie Marco in Amigos Pappbett mit dem Zeigefinger in dem aufgeweichten Papier herum, bis sie etwas Trockenes ertasten konnte.

Und als sie vorsichtig eine Schicht Matsch-papier nach der anderen abgetragen hatte, fand sie zu ihrer Freude ganz unten doch noch drei unbe-schädigte Briefe.

Lupenreiner
Großvaterbeweis

Kim rannte in die Bar, fand unter dem Tresen eine trockene Plastiktüte und stopfte die geretteten Briefe hinein. Ein so wertvoller Schatz musste unbedingt beschützt werden. Und darum beschloss Kim, ihn auf der Stelle in das oberste Fach im Schrank zu legen. Gerade als sie losrennen wollte, klopfte es allerdings an der Verandatür.

Kim konnte zwei Schatten sehen, aber der Sturm hatte die Glasscheiben so mit Schlamm vollgespritzt, dass es unmöglich war zu erkennen, wer diese beiden Schatten waren.

«Marco Winzer?», rief der eine Schatten.

Und da wusste Kim sofort Bescheid. Zu dieser Stimme gehörte eindeutig ein auf- und abwippender Schnäuzer. Und zu diesem auf- und abwippenden Schnäuzer gehörte niemand anderes als der ältere der beiden Dorfpolizisten. Und zu den beiden Dorfpolizisten, das hatte Kim mittlerweile herausgefunden, gehörte in der Regel jede Menge Ärger.

Schnell duckte Kim sich hinter den Tresen und tat so, als sei sie gar nicht da. An der Verandatür kratzten so lange jede Menge Fingernägel den Schlamm von der Scheibe, bis ein suchendes Auge Platz hatte.

«Hallo? Ist jemand zu Hause?», rief eine zweite Stimme.

Und die gehörte eindeutig zu dem jüngeren der beiden Dorfpolizisten.

«Lass mich mal!», murrte der Ältere und schob den Jüngeren vom Guckloch weg.

«Meinst du, der Hippie hat was abgekriegt?», fragte der Jüngere.

«Diese Hippies sind zäh!», knurrte der Ältere und rappelte an der Klinke.

«Klemmt?», fragte der Jüngere.

«Klemmt!», bestätigte der Alte. «Wir gehen trotzdem rein! Gib mir mal den Hammer!»

Hammer? Das war doch wohl die Höhe! Kim flitzte wie der Blitz unter dem Tresen hervor und rannte zur Tür.

«Ihr wollt doch wohl nicht die Scheibe einschlagen!», rief sie aufgebracht. «Reicht es nicht, dass uns das Dach weggeflogen ist? Wollt ihr jetzt auch noch die Tür kaputt machen? Und außerdem klemmt hier gar nichts. Schon mal was von Schlüsseln gehört?»

Als Kim den Schlüssel im Schloss herumgedreht, die Tür aufgerissen und den beiden Dorfpolizisten einen fuchsteufelswilden Blick zugeworfen hatte, guckten die beinahe so betreten drein, als wären nicht sie die Polizei, sondern Kim.

«Entschuldigung», stammelte der Jüngere, und der Ältere zog seine Mütze ab, um sie vor seinem dicken Bauch mit den Fingern durchzukneten.

«Was machst *du* denn hier?», fragte er dann verwundert.

«Ich wohne hier! Schon vergessen?», sagte Kim. «Und ihr braucht auch gar nicht wieder von Erziehungsberechtigten anzufangen. Ich habe meinen Erziehungsberechtigten nämlich mitgebracht. Meinen Großvater. Der bestimmt jetzt, wo ich wohne und wo nicht!»

Die beiden Dorfpolizisten wechselten einen Blick, und Kim konnte ihnen an der Nasenspitze ansehen, dass sie ihr nicht so recht glauben wollten. Also lief Kim in Mamas Zimmer, um den Großva-

ter höchstpersönlich als lupenreinen Großvater-
beweis zu holen.

«Da ist er!», sagte sie, als sie mit dem Großvater, Marco und Rasputin zurückkam. «Ein echter
Großvater!»

Auch der jüngere der beiden Dorfpolizisten
hatte mittlerweile seine Mütze abgenommen und
knetete sie mit den Fingern durch wie Hefeteig.

«Dann sind ja alle versammelt», sagte der Ältere
und räusperte sich ausgiebig. «Es gibt da nämlich ...»

Er warf dem Jüngeren einen Blick zu, der so viel
heißen sollte wie: *Hilf mir doch mal!*

«Wir haben nämlich ...», stammelte der Jüngere
und warf einen Blick zurück, der so viel heißen
sollte wie: *Ich weiß es doch auch nicht!*

Kim riss jetzt langsam der Geduldsfaden.

«Was denn nun?», fragte sie, weil es nun wirklich
Wichtigeres zu tun gab, als zwei mützenknetenden
Dorfpolizisten beim Stammeln zuzuhören.

«Wir haben ...», sagte der Jüngere zögerlich.

«... das Boot deiner Mutter gefunden», fügte
der Ältere hinzu.

Und dann wechselten sie sich ab, als sei es für
einen Dorfpolizisten alleine viel zu kompliziert,
einen kompletten Satz zu Ende zu bringen.

«Am Strand», sagte der Jüngere.

«Es muss vom Sturm angespült worden sein», sagte der Ältere.

«Es ist …»

«… kaum mehr als Boot zu erkennen.»

«Niemand, der in diesem Boot …»

«… bei diesem Sturm auf diesem Meer war, hatte eine Chance.»

«Es tut uns sehr leid, Kleine», sagte der Jüngere zerknirscht.

«Du hattest die Hoffnung sicher noch nicht aufgegeben», sagt der Ältere und biss sich so sehr auf die Lippe, dass weiße Stellen darauf zurückblieben. «Aber hiermit ist Verena Sommer von Amts wegen für tot erklärt.»

Jetzt schienen die beiden endlich fertig zu sein. Und auch ihre Mützen waren fertiggeknetet und hatten genau wie die Gesichter der Dorfpolizisten die Form von vertrockneten Pflaumen angenommen.

«So ein Blödsinn!», rief Kim in die komische Stille, die sich plötzlich in der Bar breitmachen wollte, und drehte sich zum Großvater um. «Hast du jemals schon so einen Blödsinn ge...»

Aber weiter kam Kim nicht. Was sie da hinter den runden Brillengläsern des Großvaters entdeckte, ließ ihr die Worte im Hals stecken bleiben. Hinter den runden Brillengläsern des Großvaters hangelten sich dicke Tropfen ab, rutschten über die Wangen und platschten schließlich in die Pfütze auf dem Boden.

Kim konnte es nicht fassen: Der Großvater weinte.

«Verena, das ist meine Tochter», sagte er zu den

beiden Dorfpolizisten. «Ich hatte sie ganz vergessen. Und jetzt, wo ich mich endlich wieder an sie erinnere, kommt sie nie mehr zurück.»

Die beiden Polizisten nickten betreten. Kim allerdings schüttelte seufzend den Kopf. Es war schon wieder passiert: Dem Großvater waren die wichtigsten Erinnerungen durchs Netz geschlüpft. Kim musste sie dringend einfangen.

«Großvater», sagte sie. «Mama ist doch in Afrika!»

«Wie?», fragte der Großvater verzweifelt.

«Es kann ja sein, dass der Sturm auch nach Afrika gebraust ist, das Boot mit sich gerissen und bis an unseren Strand gespült hat», sagte Kim. «Aber Mama ist bei ihren neuen Freunden und isst jetzt gerade die Reste von der riesigen Dorade!»

Aber diesmal schien Kim die verlorengegangenen Erinnerungen in Großvaters Kopf nicht wieder einfangen zu können. Verwirrt guckte der Großvater von Kim zu den Dorfpolizisten und wieder zurück.

«Afrika!», sagte Kim noch einmal, diesmal ein bisschen lauter.

Aber im nächsten Moment spürte sie eine Hand auf der Schulter.

«Lass gut sein», sagte Marco leise und zog Kim

ein Stück nach hinten, so weit nach hinten, dass sie nicht mehr zwischen dem Großvater und den beiden Dorfpolizisten stehen konnte.

Die setzten ihre durchgekneteten Mützen und ihre dienstlichen Mienen wieder auf.

«Dann werden Sie jetzt die Formalitäten erledigen», sagte der Ältere zum Großvater und zückte seinen Notizblock.

«Formalitäten?», fragte der Großvater.

«Papierkram», sagte der Jüngere. «Abwicklung.»

In den Augen des Großvaters standen jetzt so viele Fragezeichen, wie es Sandkörner am Strand gab.

«Ich verstehe nicht», sagte er verzweifelt und ließ die Schultern hängen. «Wovon sprechen Sie?»

«Na ja, Sie sind schließlich verantwortlich», sagte der ältere der beiden Dorfpolizisten.

«Ich?», fragte der Großvater erschrocken. «Nein, nein. Ich bin nicht verantwortlich. Meine Frau ist verantwortlich.»

Für einen Moment war es mucksmäuschenstill in der Bar. So still, dass Kim deutlich hören konnte, wie in den Köpfen der beiden Dorfpolizisten die Groschen fielen: Wenn der Großvater nicht für die Formalitäten verantwortlich war, dann konnte er wohl auch nicht für Kim verantwortlich sein.

Doch noch ehe einer der beiden auch nur den Mund aufklappen konnte, hatten Kims Beine schon einen Satz nach vorne gemacht und rannten wie der Blitz aus der schlammverspritzten Tür.

Rasputin im Schlepptau, lief Kim so schnell sie konnte über den pitschnassen Sand, um angeschwemmtes Treibgut herum, in Rekordzeit bis zur Purzelbaumdüne.

«Fauch», rief Kim. «Du musst sofort losfliegen, um Mama zu sagen, dass wir sie jetzt dringend zurückbrau...»

Weiter kam Kim nicht. Die Worte blieben ihr wie Angelhaken im Hals stecken. Und auch Kims Beine steckten am Rand der Purzelbaumdüne im feuchten Sand und wollten sich nicht mehr bewegen. Sogar Rasputin sah wie eingefroren aus und rührte sich nicht von der Stelle.

Das durfte nicht wahr sein!

Dort, wo Fauch noch gestern ausgestreckt in der Purzelbaumdüne gelegen hatte, war jetzt nur noch Sand zu sehen.

Kim schaute nach links, Kim schaute nach rechts. Aber das Einzige, was sie entdecken konnte, waren die teerverschmierten Sonnenschirme, die sich wie verunglückte Schmetterlinge in den Agaven verheddert hatten.

«Fauch?», rief Kim verzweifelt, schlitterte mit steifen Beinen in die Purzelbaumdüne, ließ sich auf die Knie fallen und wühlte mit den Händen durch den Sand.

Rasputin machte es ihr nach und buddelte mit den Vorderpfoten und der Schnauze die Purzelbaumdüne durch. Sie wühlten und buddelten wie verrückt und hörten erst auf, als Kim auf etwas Rundes, Rotes stieß.

Das Einzige, was von Fauch übrig geblieben war, war eines seiner feurigen Muschelaugen. Alles andere hatte der Sturm dahin zurückgeschleudert, wo es hergekommen war. An den Strand und in die Tiefen des Ozeans.

So blitzeblau
wie der Himmel

Zurück zur Bar zu gehen kam nicht in Frage. Und deshalb liefen Kim und Rasputin den Strand in entgegengesetzter Richtung entlang.

Der Sturm hatte ganze Arbeit geleistet. Er hatte das arme Meer so lange gepeitscht, bis es alles ausgespuckt hatte, was es in den letzten Monaten gesammelt hatte. Fischernetze, Benzinkanister, Stiefel und sogar einen verrosteten Kühlschrank. Der Strand sah gar nicht mehr aus wie er selbst, eher wie ein kilometerlanger Müllhaufen. Nicht

ein einziger Tourist hatte sich ans Ufer verirrt, um zwischen Algen und Tang auf einem Handtuch zu liegen und sich von der Sonne puterrot braten zu lassen. Nur Kim und Rasputin waren unterwegs.

Rasputin rannte aufgeregt im Zickzack vor Kim her und schleppte alle paar Minuten einen neuen Schatz an. Einmal war es eine angeschwemmte Qualle, einmal ein gestrandeter Fisch, das nächste Mal die Überreste von einem Klappstuhl mit rotem Bezug.

Kim allerdings war nicht in der Stimmung, Rasputin für seinen Eifer zu loben. Sie gab zu jedem Fundstück nur ein missmutiges Knurren von sich.

Viel zu dringend musste Kim darüber nachdenken, wie es jetzt weitergehen sollte. Und weil Kim überhaupt keine Idee hatte, wie es jetzt weitergehen sollte, sah es in Kims Kopf so griesgrämig grau aus wie kurz vor einem Sturm.

Als Rasputin allerdings mit einer salzverkrusteten Blechdose im Maul angetrabt kam, konnte Kim ihm den Schatz gar nicht schnell genug aus dem Maul ziehen.

«Das ist . . .», rief sie aufgeregt, wischte Sand und Algen von der Dose und starrte fassungslos auf das vergilbte Blumenmuster. «Das ist Mamas Zwiebackdose», sagte Kim zu Rasputin.

Aber der hörte Kim gar nicht mehr. Wie von einer Tarantel gestochen, rannte Rasputin über den Strand auf etwas zu, das dicht an der Brandung lag wie ein gestrandeter Wal.

Kim erkannte es schon von weitem an den in allen Farben des Regenbogens bemalten Planken. Mamas Boot! Und als Kim näher kam, konnte sie auch die drei einzigen Buchstaben erkennen, die sie kannte. K-I-M. Das war der Name von Mamas Boot!

Viel war von Mamas Boot tatsächlich nicht übrig geblieben. Nicht der Mast mit dem bunten Segel, nicht die Sitzbänke, nicht die kleine Luke für dies

und das. Als hätte jemand mit einem großen Eier-
löffel alles aus dem Boot gelöffelt, war nur noch
die Schale zurückgeblieben. Und auch in der fand
Kim mehr Löcher als heile Stellen.

Mit einem hatten die Dorfpolizisten recht gehabt: In dieser Eierschale hätte ganz sicher niemand den Sturm überleben können. Aber zum
Glück war ja auch niemand in dieser Eierschale
drin gewesen.

Kim kletterte in das Boot, legte sich, Rasputin
zu ihren Füßen, auf die feuchten Planken, benutzte
Mamas Zwiebackdose als Kopfkissen und guckte
in den Himmel.

Keine einzige Wolke war zu sehen. Nicht mal ein
weißer Schleier lag über dem Blitzeblau. Nichts
erinnerte mehr an den schrecklichen Sturm, der
noch vor wenigen Stunden über die Küste getobt
war, das Dach weggefegt, Amigo vertrieben und zu
allem Überfluss auch noch Fauch zerstört hatte.
Der Himmel sah einfach nur aus wie ein ganz nor-
maler portugiesischer Himmel.

Und so, wie der Großvater nur in den Himmel
gucken musste, um längst vergessene Erinnerungen wiederzufinden, fand Kim beim Gucken in
den Himmel plötzlich eine ganz einfache Lösung
für ihr Problem.

«Mensch, Rasputin», sagte Kim aufgeregt. «Wenn der Himmel das kann, dann können wir das auch. Du wirst sehen. Schon bald ist unser Leben wieder blitzeblau. Wir reparieren die Bar, Amigo schlüpft aus irgendeinem Mauseloch, Großvater erinnert sich daran, dass er sehr wohl die Verantwortung für alles hat, und wenn wir Fauch wieder zusammengepuzzelt haben, dann wird auch Mama bald wieder da sein und alle Formalidingsbums in die Mülltonne werfen.»

Und weil Kim dieser Gedanke richtig gut gefiel und weil ihr alle anderen Gedanken, die sie sonst noch hätte denken können, ganz und gar nicht gefielen, schloss sie schnell die Augen und ließ sich in Nullkommanichts in einen sonnenwarmen Schlaf fallen.

Wer weiß, wie lange Kim geschlafen hätte, wenn Rasputin nicht vor lauter Hunger angefangen hätte zu jaulen. Nur deshalb riss Kim die Augen auf, rappelte sich hoch, guckte verschlafen über den Rand des Bootes und musste zu ihrem Schreck feststellen, dass die Sonne, die eben noch genau über Kim gestanden hatte, jetzt millimeterdicht über dem Horizont lag und das Meer in Rot und Orange tunkte.

«Ach du liebe Güte! Wir haben den ganzen Tag

verschlafen!», rief Kim ärgerlich. «Als wenn es nicht alle Hände voll zu tun gäbe!»

Und um wenigstens noch die umgefallenen Stühle und Tische aufzustellen, damit am nächsten Tag in der Bar wieder Gäste bedient werden konnten, sprang Kim schnell aus Mamas Boot, schnappte sich die Zwiebackdose und rannte mit Rasputin zurück nach Hause.

Wenn Kim allerdings gewusst hätte, was sie in der Bar erwartete, wäre sie wohl direkt wieder umgekehrt, hätte mit dem Eimer voll Teer Mamas Boot dichtgemacht und wäre in See gestochen. Aber weil Kim nicht wissen konnte, was sie in der Bar erwartete, und weil die Verandatüren immer noch so sehr mit Schlamm verschmiert waren, dass Kim auch nicht sehen konnte, was sie in der Bar erwartete, platzte sie holterdiepolter hinein.

«Los!», rief Kim. «Aufräumen! Wir müssen unser Leben wieder so blitzeblau wie den Him...»

Weiter kam sie nicht vor lauter Schreck.

Die Hände in gelbe Gummihandschuhe gesteckt, zwischen den Beinen einen vollen blauen Müllsack, den besenstielgeraden Körper in ein riesiges Regencape gehüllt, stand mitten in der Bar niemand anders als die Großmutter.

Kim kniff sich einmal feste in den Arm, um

sicherzugehen, dass die Großmutter kein Traum war. Der Kniff tat höllisch weh: Die Großmutter war echt.

«Kimberly!», zeterte die echte Großmutter mit echter Wut in der Stimme. «Wie konntest du nur ... Was ist bloß in dich gefahren, dass ... Noch nie in meinem Leben habe ich ...»

Die Großmutter hielt inne und schüttelte schwach den Kopf. So schwach, dass Kim für einen Moment doch nicht mehr so sicher war, die echte Großmutter vor der Nase zu haben.

Im nächsten Augenblick aber hatte die Großmutter sich schon wieder daran erinnert, zu welcher Sorte Großmütter sie gehörte, zog sich zu einem schnurgeraden Besenstiel zusammen und funkelte Kim angriffslustig an.

«Weglaufen und dann auch noch deinen schwerkranken Großvater mitnehmen. Das ist unfassbar! Aber um deine Strafe kümmern wir uns später», sagte sie. «Ich weiß beim besten Willen nicht, was angemessen ist für das, was du getan hast!»

Und weil es so aussah, als ob die Großmutter fertig war mit Zetern, fand Kim, dass sie jetzt an der Reihe war.

«Wie um alles in der Welt kommst du denn bloß so schnell hierher?», fragte Kim fassungslos.

«Mit dem Flugzeug», erklärte die Großmutter knapp, streckte ihre Gummihandschuhhände aus und nahm Kim die Zwiebackdose aus der Hand, um sie, ohne mit der Wimper zu zucken, in den blauen Müllsack zu werfen.

«Spinnst du?», fauchte Kim, riss den Sack zu sich heran, zog die Zwiebackdose wieder hervor und starrte fassungslos auf die Dinge, die die Großmutter bereits weggeworfen hatte.

«Das sind die Kerzenhalter, die Mama für die Bar getöpfert hat», rief Kim aufgebracht. «Und das da sind die Salzstreuer. Und das ist das Kassenbuch.» Kim starrte die Großmutter ungläubig an. «Das sind alles sehr wichtige Dinge!»

«Das ist Müll», widersprach die Großmutter. «Diese Bar, oder was auch immer das gewesen sein mag, ist endgültig ruiniert. Totalschaden. Unrettbar. Schrott!»

«Schrott?», rief Kim, und vor lauter Wut stellten sich die feinen Härchen in ihrem Nacken auf. «Die Bar ist kein Schrott. Die Bar braucht nur ein neues Dach, dann ist sie wieder so blitzeblau wie der Himmel.»

Die Großmutter zog die Augenbrauen bis zum Haaransatz hoch. Von blitzeblau wollte sie offensichtlich gar nichts hören.

«Die Bar ist Vergangenheit», sagte sie und schnappte Kim den Müllsack weg. «Die Bar wird nicht mehr gebraucht.»

«Wohl wird sie!», knurrte Kim und schnappte sich den Müllsack zurück.

Und dann ging es los: ein aufgebrachtes Müll-sack-hin-und-her-Geschnappe. Und das, was Kim

und die Großmutter sich beim Schnappen an den Kopf warfen, wurde von Schnappen zu Schnappen unmanierlicher. Am Ende ließ Kim sogar ein glasklares «Du alter Besenstiel!» hören.

Aber so sehr sich Kim auch über die Großmutter ärgerte, stellte sie zu ihrer Überraschung trotzdem ein leichtes Kribbeln in der Bauchgegend fest. So ein Kribbeln, wie Kim es sonst nur beim Anblick von besonders hohen Wellen, springenden Fischen und unausgepackten Geburtstagsgeschenken spürte. Wieso auch immer das so war: Streiten mit der Großmutter tat Kim gut.

«Du kannst mir überhaupt nichts mehr befehlen», rief Kim deshalb beim nächsten Müllsack-Schnappen, um den Streit noch ein bisschen hochzukochen. «Ich habe nämlich jetzt einen anderen Erziehungsberechtigten. Den Großvater! Und der will genau wie ich nicht zurück in dein blödes Berlin!»

Wie Kribbelbrause krabbelte das Gefühl jetzt vom Bauch bis in die Zehenspitzen.

«Tja, Kimberly», zischte die Großmutter und schnappte sich den blauen Sack zurück. «Da muss ich dich leider enttäuschen. Dein Großvater hat nicht einmal mehr die Verantwortung für sich selbst. Geschweige denn für dich.»

«Pah! So ein Unfug!», sagte Kim.

Aber irgendwas stimmte plötzlich mit dem Kribbeln nicht mehr. Es kribbelte überhaupt nicht mehr im Bauch. Es kribbelte nur noch ein ganz kleines bisschen im rechten dicken Zeh.

«Es ist, wie ich es dir sage», erklärte die Großmutter, und weil Kim so sehr nach dem Kribbeln suchte, dass sie dieses Mal ganz das Müllsack-Schnappen vergessen hatte, nutzte die Großmutter die Gelegenheit, den Sack hinter sich zu schieben.

«Dein Großvater ist entmündigt!», sagte sie dann so, als hätte sie jetzt endgültig das letzte Wort.

Das allerdings konnte sie sich abschminken. Kribbeln hin, Kribbeln her, Kim ließ sich doch nicht für dumm verkaufen! Als wenn sie nicht wusste, dass alle Menschen über achtzehn für sich selbst verantwortlich waren. Und der Großvater war so viel über achtzehn, dass er mindestens schon drei- bis viermal für sich verantwortlich war.

«Das glaubt dir doch keiner!», sagte Kim deshalb. «Mit der Geschichte kannst du nicht mal einem Sandfloh einen Floh ins Ohr setzen!»

Aber statt sich fürchterlich aufzuregen, klappte die Großmutter ihren besenstieligen Körper in der Mitte zusammen und bückte sich zu Kim hinunter. Als sie unten war, hatte sich das Kribbeln sogar aus Kims dicker Zehe verabschiedet. Alles an Kim fühlte sich jetzt ganz müde an.

«Dein Großvater ist ein sehr kranker Mann», sagte die Großmutter langsam. «Das habe ich dir schon in Berlin gesagt.»

«Er ist überhaupt nicht krank», sagte Kim. «Er ist fit wie ein Turnschuh! Er kann schwimmen, tauchen und sogar Purzelbäume schlagen!»

Die Großmutter verzog den Mund zu einem säuerlichen Strich. Purzelbaumschlagend hatte sie den Großvater offensichtlich noch nie gesehen.

«Dein Großvater», sagte sie, «ist nicht körperlich krank, sondern ...»

Die Großmutter brauchte einen Moment, um sich hinter dem säuerlichen Strich die richtigen Worte zurechtzulegen. So lange brauchte sie dafür, dass Kim schon von ganz alleine wusste, was die Großmutter sagen wollte.

«Das bisschen Vergesslichkeit!», platzte es aus Kim heraus. «Das macht doch gar nichts. Und außerdem hat der Großvater sich schon an ganz viel zurückerinnert. An Zigarren aus Kuba. Daran, wie Schachspielen geht. Und sogar an Mama!»

Kim stemmte die Hände in die Hüften und machte ein sehr überzeugtes Gesicht. Aber irgendwo hinter ihrem sehr überzeugten Gesicht, an der Stelle im Kopf, wo die Gedanken wohnen, die keiner wirklich denken will, gab es etwas, was Kim ein ganz kleines bisschen schwanken ließ: Und was, wenn die Großmutter doch recht hatte?

«Dein Großvater», sagte die Großmutter, als hätte sie Kims Gedanken gelesen, «kommt alleine nicht zurecht. Er braucht mich. Ohne mich ist er ...»

«Glücklich!», fauchte Kim.

verbündete
für sekunden

Wenn die Stille, die sich zwischen Kim und der Großmutter breitgemacht hatte, noch ein paar Sekunden länger gedauert hätte, wäre Kim vielleicht einen Schritt nach vorne gegangen, hätte vielleicht sogar die Hand ausgestreckt und irgendeinen Knopf an der Großmutter gedrückt, um ihr die Sprache wieder zurückzugeben. Eine sprachlose Großmutter, das gefiel Kim ganz und gar nicht.

Aber die Stille dauerte nicht noch ein paar Sekunden länger, denn sie wurde von lautem Klopfen an die Verandatür zerstört. Und als Kim herumwirbelte, standen die beiden Dorfpolizisten auch schon in der Bar.

«Ihr schon wieder!», knurrte Kim. «Ich hab euch doch gesagt, dass ihr euch eure Formalidingsbums an die Mützen stecken könnt.»

Doch so böse Kim auch knurrte, die Polizisten schienen sich gar nicht für sie zu interessieren. Zielsicher tapsten sie an Kim vorbei und bauten sich vor der Großmutter auf, die immer noch wie ein Fisch auf dem Trockenen nach Luft schnappte.

«Wir haben die Papiere dabei», sagte der Ältere zur Großmutter und legte ein Formular auf den Tresen. «Sie müssten nur hier unterschreiben, dann gilt Ihre Tochter offiziell als dahingeschieden.»

«Sie müssen jetzt stark sein», sagte der Jüngere, nahm die Großmutter am Arm, schob sie auf einen der Barhocker und drückte ihr einen Kugelschreiber in die Hand.

In Kim rutschte im selben Moment das Herz in die Hose.

Nein!, wollte sie rufen, *nein! Du darfst das unter keinen Umständen unterschreiben!*, aber noch bevor Kim den Mund aufklappen konnte, passierte etwas sehr Sonderbares.

Ratsch! Ratsch! Ratsch!, hörte Kim und konnte kaum glauben, was sie sah: Statt ihre Unterschrift unter das Formular zu setzen, zerriss die Großmutter es in unzählige kleine Fetzen und warf die den beiden Dorfpolizisten vor die Füße.

«Ich werde das auf keinen Fall unterschreiben», sagte die Großmutter laut und deutlich und guckte die beiden Dorfpolizisten mit einem so entschiedenen Funkeln in den Augen an, dass Kim beinahe vor Freude in die Luft gesprungen wäre.

Die Dorfpolizisten allerdings waren nicht so erfreut wie Kim.

«Was?», fragte der Ältere.

«Wie?», fragte der Jüngere.

«Meine Tochter ist nicht dahingeschieden», sagte die Großmutter und funkelte jetzt noch viel funkeliger, als Kim sie jemals zuvor hatte funkeln sehen.

«Ist sie nicht?», fragte der Ältere verwirrt.

«Nein, das ist sie nicht», bestätigte die Großmutter. «Meine Tochter hat sich abgesetzt. Aus dem Staub gemacht. Ein neues Leben angefangen.»

«Wie?», fragte der Jüngere.

«Was?», wollte der Ältere wissen.

«Das hat sie schon mal gemacht», erklärte die Großmutter. «Das ist ihre Natur. Sie denkt nur an sich und hinterlässt nichts als Scherben.»

Die beiden Dorfpolizisten wechselten einen Blick, der wahrscheinlich so viel hieß wie: *Blickst du noch durch? Ich nämlich nicht!*

Kim allerdings war alles klipp und klar. Auch wenn die Großmutter mit all dem, was sie sagte, völlig falschlag, hatte sie doch mit einem recht: Mama war nicht dahingeschieden, sie lebte putzmunter weiter. So verrückt es auch schien: Plötzlich war die Großmutter zu Kims einzigen Verbündeten geworden.

«Habt ihr nicht gehört!», fauchte Kim die beiden Dorfpolizisten an und schob sie kurzerhand Richtung Verandatür. «Die Großmutter unterschreibt nichts Dahingeschiedenes.»

Und dann sagte Kim noch etwas, von dem sie selbst kaum glauben konnte, dass sie es sagte: «Und der Großvater wird auch nichts Dahingeschiedenes unterschreiben. Der hat hier nämlich nicht die Verantwortung!»

Kim schob die Polizisten auf die Veranda, schloss

hinter ihnen die Tür ab und warf der Großmutter dann einen sehr verbündeten Blick zu. Das Funkeln in den Augen der Großmutter war jetzt zu einem richtigen Sternschnuppenregen geworden. Sie sprühte förmlich vor Wut.

«Das sieht deiner Mutter ähnlich», sagte sie, «sich für tot erklären zu lassen und irgendwo auf der Welt ein neues Leben anzufangen, während ich ihr altes Leben aufräume. Und weißt du was: Ich werde gründlich aufräumen. Ich räume so lange auf, bis nichts mehr an sie erinnert!»

Und um ihren Worten gleich Taten folgen zu lassen, hockte die Großmutter sich auf alle viere und sammelte die Scherben von Mamas selbstgetöpferten Kerzenständern ein.

Bevor die Großmutter sich allerdings den blauen Sack schnappen konnte, um die Kerzenständerscherben hineinzuwerfen, riss Kim ihn sich unter den Nagel und schlüpfte an der verdatterten Großmutter vorbei aus der Bar.

Das mit dem Verbündetsein hatte sich dann wohl genauso plötzlich wieder erledigt, wie es gekommen war. Für alles Weitere brauchte Kim jetzt andere Mitstreiter.

«Wir müssen die Großmutter davon abhalten, alles wegzuwerfen!», rief sie aufgeregt, als sie die

Tür zu Mamas Schlafzimmer aufstieß. «Sie meint, die Bar wäre Schrott und ...»

Die Worte blieben Kim im Hals stecken, als sie sah, dass Marco vor dem aufgeklappten Koffer des Großvaters stand und emsig damit beschäftigt war, Hemden, Hosen und Unterwäsche hineinzustopfen.

«Was machst du denn da?», fragte Kim ungehalten und riss Marco Großvaters Badehose aus der Hand.

«Deine Großmutter hat gesagt, er soll sich fertig zur Abreise machen», sagte Marco kleinlaut.

«Und du machst, was sie sagt?», fragte Kim.

Marco zuckte mit den Schultern.

«Sie ist der Boss», antwortete er, holte sich die Badehose zurück und warf sie in den Koffer. «Und sie hat ihre Gründe.»

«Was denn für Gründe?», fragte Kim aufgebracht.

«Sie hat gesagt», seufzte Marco, «dass es nur in einer Großstadt wie Berlin die geeignete ärztliche Versorgung für deinen Großvater gibt.»

«Aber wir haben doch auch einen Arzt!», widersprach Kim. «Alfredo kann doch alles. Fiebermessen, Zähne ziehen und sogar Warzen wegbrennen. Weißt du noch, als Rasputin sich diesen riesigen Splitter in die Pfote getreten hatte. Alfredo hat ihm ganz wunderbar geholfen. Schon am nächsten Tag konnte Rasputin wieder springen!»

Marco klappte den Koffer zu und ließ sich aufs Bett plumpsen.

«Kim», sagte er dann in einem Ton, der so gar nicht zu Marco passen wollte. «Mit einer Sache, wie dein Großvater sie hat, ist Alfredo ganz sicher überfordert. Dein Großvater muss zurück nach Berlin. Da hat deine Großmutter ausnahmsweise mal recht.»

In Kims Brust wurde es jetzt mächtig eng.

«Dieser blöde Besenstiel hat überhaupt nicht recht!», rief sie. «Sie weiß gar nichts! Nicht über Mama, nicht über mich und auch nicht über den Großvater. Er braucht überhaupt keinen Arzt. Das Einzige, was er braucht, ist der blitzeblaue portugiesische Himmel, dann erinnert er sich von ganz alleine an alles, was er vergessen hat.»

Ferien für Himmelgucker

Nachdem Kim den Großvater überall im Haus und um das Haus herum gesucht hatte, fiel ihr nur noch ein Ort ein, wo er stecken konnte. Der Ort, den auch Kim immer wählte, wenn alles drum herum schrecklich durcheinander war: die Purzelbaumdüne.

Mit Rasputin auf den Versen rannte Kim über den Strand und kletterte die Düne hoch. Und tatsächlich: Der Großvater saß mitten in der Kuhle. Er hatte die Schuhe ausgezogen und häufte mit den Händen Sand auf seine Füße.

«Hallo!», rief Kim und rutschte zu ihm hinunter.

«Ach, Verena!», sagte der Großvater, kratzte sich am Kinn und schüttelte dann verwirrt den Kopf. «Nein, das bist du nicht. Du bist ... du bist ...»

«Ich bin Kim Krabbenherz», erklärte Kim etwas ungeduldig und setzte sich neben den Großvater.

«Großvater!», sagte sie dann in einem so bestimmten Ton, dass er fast ein bisschen an die Großmutter erinnerte. «Du musst dich jetzt unbedingt zusammenreißen. Du musst gesund werden. Und zwar ganz schnell. Es ist wirklich sehr wichtig.»

Kim schnappte sich Großvaters Kinn und drehte seinen Kopf Richtung Himmel.

«Guck hoch», befahl sie ihm. «Wenn du nur doll genug in den Himmel guckst, dann kommen bestimmt all deine Erinnerungen zurück. Sie sind schließlich da oben. Du musst sie nur finden. Und am besten schnell.»

Aber der Großvater wollte gar nicht in den Himmel gucken. Er wollte auf seine eingebuddelten Füße gucken und dabei tief seufzen.

«Zu dumm, dass der Urlaub schon zu Ende ist», sagte er. «Ich weiß nicht, wieso. Urlaube dauern doch immer zwei Wochen. Oder sind wir schon zwei Wochen hier?»

«Nein», sagte Kim verzweifelt. «Wir sind erst einen Tag hier. Wieso erinnerst du dich denn nicht?»

«Vielleicht macht das Hotel zu», sagte der Großvater. «Und darum müssen wir abreisen. Ja, das wird es sein. Technische Schwierigkeiten. Ich habe gehört, es gibt Probleme mit dem Dach.»

«Ja, das Dach ist weg», sagte Kim. «Weißt du denn nicht mehr …?»

«Wir können ja wiederkommen, wenn die nächste Saison eröffnet ist», fiel der Großvater Kim ins Wort und lächelte. «Es hat mir hier sehr gut gefallen. Einen so schönen Urlaub hatte ich schon lange nicht mehr.»

«Aber ...», sagte Kim.

Mehr sagte sie nicht. Ohne, dass Kim es wollte, ganz alleine, weil sich ein vorwitziger Gedanke aus ihrem Hinterkopf bis ganz nach vorne gedrängelt hatte, wusste Kim plötzlich, dass es keinen Zweck hatte. Die Großmutter hatte tatsächlich recht gehabt: Der Großvater war viel kränker, als Kim es hatte wahrhaben wollen.

«Bestimmt können wir wieder hier Urlaub machen», sagte Kim sanft und drückte dem Großvater aufmunternd die Hand. «Das wird lustig.»

«Ja, das wird lustig», sagte der Großvater.

Dann nahm er Kim in den Arm.

«Ach, ich bin so froh, dass ich dich habe, Verena», sagte er. «Mit dir zusammen ist es nicht so schlimm, wieder nach Hause zu fahren. Selbst ohne meinen kleinen Freund Amigo.»

Und dann passierte es. In weniger als einer Sekunde traf Kim eine sehr schwere und sehr folgenreiche Entscheidung: Sie würde den Großvater jetzt nicht mehr im Stich lassen. Auch dann nicht, wenn das bedeutete, dass Kim mit ihm zurück nach Berlin fliegen musste. Bis all die tollen Ärzte der Großstadt den Großvater wieder so gesund gemacht hatten, dass er die Verantwortung für Kim übernehmen konnte, würde sie bei ihm bleiben. Und wenn es so weit war, würden sie zusammen zurück nach Portugal fliegen und Kims Leben würde wieder so blitzeblau werden wie Portugals Himmel nach dem Sturm.

«Ja, zusammen schaffen wir das», sagte Kim deshalb und drückte dem Großvater einen Kuss auf die Glatze. «Lass uns zurück zur Bar gehen.»

Kim hatte jetzt keine Zeit mehr zu verlieren,

denn vor ihrer Abreise waren noch zwei sehr wichtige Dinge zu regeln: die Zukunft von Mamas Bar und ein Flugticket für Rasputin.

Als Großvater, Kim und Rasputin die Veranda erreicht hatten, entdeckten sie die Großmutter und Marco zwischen unzähligen blauen Säcken.

«Das kommt alles auf die Müllkippe oder wo hier in Portugal sonst der Unrat entsorgt wird. In irgendeiner Schlucht vermutlich», befahl die Großmutter gerade. «Und dann möchte ich, dass sie mir die Schlüssel aushändigen. Sie müssen sich ab jetzt einen neuen Unterschlupf suchen. Die Bar wird abgerissen.»

Kim atmete einmal tief durch, schluckte alles hinunter, was ihr zum Thema Abreißen und Müllkippe in den Kopf kam, und hielt sich an den Plan, den sie sich im Kopf zurechtgelegt hatte.

«Pass jetzt mal gut auf», fing Kim also an und baute sich vor der Großmutter auf. «Ich habe ein Angebot für dich!»

«Wie bitte?», fragte die Großmutter spitz.

«Ein Angebot!», wiederholte Kim gedehnt. «Ich komme mit dir und dem Großvater nach Berlin, und von mir aus kannst du mir auch Bildung und Erziehung verpassen, aber das alles gibt es nicht umsonst!»

Die Großmutter guckte empört von Marco zum Großvater. Sogar bei Rasputin suchte sie nach Rat. Aber keiner der Anwesenden war auf ihrer Seite, und darum musste sie am Ende wieder Kim angucken.

«Der Preis dafür ist», sagte Kim, «dass du Marco Geld für das Dach gibst, damit er die Bar weiterführen kann!»

Die Großmutter ließ einen spitzen Quieker hören. Und es sah fast so aus, als sei sie über Kims Vorschlag köstlich amüsiert. «Ich denke gar nicht dran», sagte sie, «mein teuer verdientes Geld für so eine Schnapsidee aus dem Fenster zu werfen!»

Aber noch bevor Kim die Großmutter daran erinnern konnte, dass sie selbst gesagt hatte, niemand anderes als Kim sollte eines Tages das ganze Geld bekommen, mischte sich plötzlich jemand Drittes in die Unterhaltung ein. Der Großvater!

«*Dein* teuer verdientes Geld?», fragte er die Großmutter nachdenklich.

«Unser», sagte die Großmutter schnell.

«*Unser?*», fragte der Großvater wieder und kratzte sich am Kinn. «Wenn ich mich recht erinnere, habe ich das ganze Geld verdient, oder?»

«Na ja», sagte die Großmutter, und Kim konnte deutlich sehen, dass ihr der Verlauf der Unterhaltung ganz und gar nicht gefiel. «Im Prinzip ...»

«Doch, doch. Ganz sicher. Ich war das. Ich habe jeden Tag von morgens bis abends gearbeitet. Ich hatte eine Firma mit vielen Angestellten», sagte der Großvater, grinste zufrieden und wendete sich an Marco. «Herr Direktor», sagte er in einem sehr geschäftigen Ton, und Marco trat vor lauter Schreck einen Schritt zurück.

«Ich bin kein ...», stammelte Marco, aber der Großvater winkte ab.

«Sie haben hier ein wunderschönes Hotel, Herr Direktor», sagte er und machte ein Gesicht, das er ganz sicher das letzte Mal in seiner Firma seinen vielen Angestellten gezeigt hatte. «Ich war sehr gerne Ihr Gast. Und es tut mir schrecklich leid, dass Ihnen das Dach davongeflogen ist.»

«Ähm ...», machte Marco, aber Kim gab ihm mit dem Zeigefinger auf den Lippen zu verstehen, dass er unbedingt die Klappe halten sollte.

«Wie es aussieht, brauchen Sie ein neues Dach, um das Hotel wieder aufzumachen. Und ich bin ein Freund von guten Investitionen. Sie bekommen das Geld von mir, und dafür dürfen wir alle, so oft wir wollen, bei Ihnen Urlaub machen», sagte der Großvater und schnippte mit dem Finger Richtung Großmutter. «Meine Frau wird Ihnen einen Scheck ausstellen. Was sagen Sie? Abgemacht?»

Marco schickte Kim einen verzweifelten Blick. Und als Kim daraufhin energisch mit dem Kopf nickte, nickte auch Marco energisch mit dem Kopf und griff nach der ausgestreckten Hand des Großvaters, um sie ausgiebig zu schütteln.

«Abgemacht», sagte er.

Die Großmutter machte ein Gesicht wie jemand,

der dringend mal aufs Klo muss, aber keines findet. Sie klappte den Mund auf, um aufs heftigste zu widersprechen, aber der Großvater winkte nur ab.

Und gerade als Kim die zweite Sache ansprechen wollte, die es unbedingt noch vor der Abreise zu regeln gab, schnippte der Großvater noch einmal mit dem Finger Richtung Großmutter.

«Und buche noch einen Platz im Flugzeug für Rasputin», sagte er. «Ohne ihn fahren das Kind und ich nicht mit!»

Leinenzwang
für einen Wildfang

Als die Großmutter die riesige Eingangstür hinter ihnen geschlossen hatte, huschte Kim eine dicke Gänsehaut über den ganzen Körper. In dem großen Haus war es mindestens fünf Grad kälter als draußen. Und draußen in Berlin war es obendrein mindestens fünfzehn Grad kälter als in Portugal. Worauf hatte Kim sich da bloß eingelassen!

Auch Rasputin schien das neue Zuhause schon auf den ersten Riecher nicht zu gefallen. Die Nase misstrauisch in die Luft gestreckt, stellte er die Nackenhaare auf und gab misstrauische Knurrer von sich. Desinfektionsmittel und Bohnerwachs waren wirklich ein sehr schlechter Tausch gegen den Geruch von Sand und Meer.

Kim seufzte einmal tief, denn auch wenn das hier der schlechtriechendste Nordpool der Welt war, gab es weder für sie noch für Rasputin ein Zurück. Jetzt hieß es, das Beste aus dem ganzen Schlamassel zu machen.

Und als Silvana die große Treppe heruntergerannt kam und Kim und dem Großvater trotz bitterböser Blicke der Großmutter mit einem strahlenden Lachen um den Hals fiel, wusste Kim, dass es schon irgendwie gehen würde.

«Wie schön, dass ihr wieder da seid!», rief Silvana Kim und dem Großvater aufgeregt zu, ließ sich von Rasputin zur Begrüßung über die Wange schlecken und biss sich dann verlegen auf die Lippe.

«Und Ihnen natürlich auch ein herzliches Willkommen, gnädige Frau», sagte sie schnell, strich sich den Rock glatt und setzte wieder ihr ganz normales Hausmädchenlächeln auf. «Kann ich irgendetwas für Sie tun, gnädige Frau?»

Und das konnte sie natürlich.

«Bringen Sie das Tier in den Hof. Es kommt mir nicht ins Haus. Und es kommt auch nicht von der Kette, es sei denn, Sie gehen mit ihm Gassi. Und es wird im Schuppen im Hof schlafen.»

Rasputin gab ein noch unzufriedeneres Knurren von sich, aber die Großmutter ließ sich nicht beirren.

«Abendessen hatten wir im Flugzeug», verkündete sie. «Darum müssen Sie sich nicht kümmern. Aber machen Sie die Wäsche. Waschen Sie alles bei mindestens ...»

«... hundert Grad!», fiel Silvana ihr ins Wort und zwinkerte Kim zu.

Kim hätte gerne zurückgezwinkert, aber dazu hatte sie jetzt wirklich keine Zeit. Es gab Wichtigeres zu tun. Rasputins Knurren war zu einem gefährlichen Zähnefletschen geworden. Kim musste der Großmutter dringend etwas klarmachen.

«Rasputin schläft in keinem Schuppen!», sagte sie. «Er schläft bei mir! Weil er immer bei mir schläft!»

«Hier nicht!», sagte die Großmutter unbeeindruckt und drückte Silvana Rasputins neue Leine in die Hand.

Silvana versuchte Rasputin in die gewünschte Richtung zu führen, aber Rasputin zog und zerrte so lange an der Leine, bis er Silvana auf dem rutschigen Marmor hinter sich herschleifen konnte. Erst als er Kim erreicht hatte, blieb Rasputin stehen und schickte ihr einen verzweifelten Blick.

Kim beugte sich zu ihm hinunter und legte die Hände zu einem Trichter an sein Ohr.

«Spiel erst mal mit», flüsterte sie dann. «Später überlegen wir uns was.»

Und damit war Rasputin einverstanden. Zu Silvanas Erleichterung ließ er sich jetzt ohne Murren aus der Halle führen.

«Du wartest da drin», befahl die Großmutter und schob Kim in den Salon.

«Und du ruhst dich jetzt sofort aus von all den Purzelbäumen und dem Wellentauchen und ... Ich kann nur hoffen, diese ganze Aufregung hat nicht allzu viel Schaden angerichtet», sagte die Großmutter zum Großvater und führte ihn Richtung Treppe.

Kim setzte sich im Salon auf einen der steinharten Sessel und wartete auf das Unvermeidbare: auf ein ausgewachsenes Großmutterdonnerwetter, das

noch viel mehr Wind machen würde als der Sturm, der das Bardach abgedeckt hatte.

Als die Großmutter schließlich in den Salon kam, blieb die Luft allerdings ganz ruhig. Nicht den kleinsten Wind machte die Großmutter. Und von einem Sturm konnte schon gar nicht die Rede sein. Statt Kim in den höchsten Tönen die Leviten zu lesen, stellte die Großmutter einfach nur etwas mitten auf Kims Schoß. Einen dunkelgrauen Schultornister, der so schwer war, dass er Kim die Beine zerquetschte.

«Da», sagte die Großmutter. «Der ist für dich. Da ist alles drin, was du brauchst. Ab morgen gehst du in die Schule.»

Kim wuchtete das Ungetüm von ihrem Schoß und ließ es polternd auf den Boden fallen.

«Morgen?», fragte sie ungläubig.

«Morgen», sagte die Großmutter. «Du brauchst dringend eine strenge Hand. Und darum habe ich dich in einer von Nonnen geführten Privatschule angemeldet. Die hat einen sehr guten Ruf. Die Lehrerinnen dort werden sicher auch mit Kindern wie dir fertig.»

«Mit Kindern wie mir?», fragte Kim.

«Unerzogene, verwilderte Dinger», sagte die Großmutter und stolzierte Richtung Tür.

Als sie die Klinke schon in der Hand hatte, drehte sie sich allerdings noch einmal um.

«Es versteht sich wohl von selbst, dass du abgesehen von der Schulzeit bis auf weiteres Hausarrest hast», sagte sie. «Und jetzt geh schlafen. Es ist spät.»

Hausarrest, Leinenzwang, Schule und auf Kinder wie Kim spezialisierte Nonnen? Das waren ja rosige Aussichten!

Und auch wenn sie es ganz und gar nicht wollte, machte sich in Kims Bauch mit einem Mal ein Mischmasch aus riesigem Ärger und riesigem Heimweh breit. In Kims Augenwinkeln kitzelten obendrein ein paar vorwitzige Tränen. Bevor die sich allerdings abseilen konnten, erinnerte Kim sich daran, dass es noch einiges zu tun gab. Also rannte sie in die Halle und schleppte das Gepäck in ihr Zimmer, bevor die Großmutter oder Silvana sich daran zu schaffen machen konnte.

Die Flip-Flops versteckte Kim unter den Kissen im Puppenwagen. Ihre Lieblingsshorts stopfte sie hinter die Bücher im Regal. Dann fischte Kim Mamas Zwiebackdose aus der Tasche und drehte den Deckel auf. Da war er, Kims wertvollster Schatz: Mamas Briefe.

Für irgendetwas jedenfalls würden die stren-

gen Nonnen und der griesgrämig graue Schultornister gut sein: Sobald Kim lesen konnte, würde
sie erfahren, was in Mamas Briefen geschrieben
stand. Wahrscheinlich würde sie es sogar schon in
ein paar Tagen wissen. Lesen konnte schließlich
nicht so schwer sein!

Kim schob die Zwiebackdose unter das Kopfkissen und wartete, bis die Großmutter in ihrem
Schlafzimmer verschwunden und im ganzen
Haus kein Mucks mehr zu hören war. Erst dann
schnappte Kim sich die Bettdecke, schlüpfte aus
dem Zimmer und lief auf Zehenspitzen die Treppe
hinunter bis in den Hof.

Bei Rasputins Anblick konnte Kim sich trotz
Mitleid ein Grinsen nicht verkneifen. Er sah einfach zu komisch aus, wie er da ganz der brave Wach-
hund an einer eisernen Kette vor dem Schuppen
lag und Trübsal blies.

«Sei nicht mehr traurig. Ich schlafe bei dir»,
sagte Kim, krabbelte zwischen Rosenscheren und
Gießkannen in den Schuppen und kuschelte sich
in ihre Decke.

Keine Sekunde später rasselte die Eisenkette, und
Rasputin folgte schwanzwedelnd, um sich glücklich und zufrieden um Kims Füße zu wickeln.

«Wenn du dir ein bisschen Mühe gibst», sagte

Kim, «dann hören sich die Autos von der Straße fast an wie Wellenrauschen.»

Und weil sich beide eine ganze Menge Mühe gaben, kam es ihnen mit einem Mal sogar so vor, als wehte in dem kleinen stickigen Schuppen eine frische salzige Brise.

«Morgen früh lerne ich lesen», sagte Kim und gähnte. «Und morgen Nachmittag machen wir einen Plan, wie wir die Zeit in Berlin so angenehm wie möglich hinter uns bringen können.»

Rasputin grunzte zustimmend. Und dann fielen beide in einen tiefen, traumlosen Schlaf.

Zukünftige Freundinnen

«Kim! Wo steckst du denn bloß?»

Als Kim Silvanas aufgeregte Stimme hörte, schreckte sie aus dem Schlaf und wusste für einen Moment überhaupt nicht, wo sie war. Berlin, Hof, Schuppen, schoss es ihr durch den Kopf. Und als sie sich beim Aufsetzen die Stirn an einer herunterbaumelnden Harke stieß, fiel es ihr wieder ein: Sie hatte die Nacht in Rasputins neuem Schlafzimmer verbracht.

«Kim!», rief Silvana wieder, also streckte Kim den Kopf zur Schuppentür heraus und blinzelte in den Tag.

«Was machst du denn um alles in der Welt im Geräteschuppen?», jammerte Silvana. «Die gnädige Frau sucht dich im ganzen Haus. Es ist höchste Zeit. Die Schule fängt gleich an.»

Schule, Nonnen, ein schrecklich schwerer Tornister, fuhr es Kim durch den Kopf. Auweia! Jetzt war es so weit.

«Ich komm ja schon», murmelte Kim, kraulte Rasputin kurz den Kopf und flüsterte ihm etwas ins Ohr. «Ich bring das schnell hinter mich, und dann komm ich zurück.»

Rasputin schleckte Kim mit der Zunge über die Nase und gab drei aufmunternde Beller von sich.

«Du hast ja recht», sagte Kim. «Wahrscheinlich wird es sogar ganz lustig. Das gute an einer Mädchenschule ist ja, dass dort ganz viele Mädchen sind. Und mit vielen neuen Freundinnen ist Berlin bestimmt gar nicht mehr so schlimm.»

Je mehr Kim darüber nachdachte, desto besser gefiel ihr die Vorstellung. Auch wenn sie mit Mama, Marco und Rasputin immer sehr glücklich gewesen war, hatte sie sich doch ab und zu überlegt, wie es wohl wäre, eine Freundin in ihrem Alter zu haben. Ganz sicher würde das eine verdammt gute Sache sein!

«Und bestimmt hat sogar die ein oder andere von meinen zukünftigen Freundinnen eine nette Hundedame, mit der wir zusammen Gassi gehen können», sagte Kim, um auch Rasputin die Zukunft ein bisschen zu versüßen.

Aber beim Thema Gassigehen kam es Rasputin eher sauer hoch. Gassigehen, das hatte wenig zu tun mit Herumtollen und Möwen nachjagen. Gassigehen bedeutete, an der knappen Leine durch endlose Betonschluchten zu schleichen. Für einen

Hund wie Rasputin war das ungefähr so schlimm wie enge Schnürschuhe und kratzige Blusen mit Stehkragen für ein Mädchen wie Kim.

«Dieses Kind bringt mich noch ins Grab!», zeterte die Stimme der Großmutter in dem Moment durch den Hof. «Es ist nicht einmal mehr Zeit für eine Dusche, geschweige denn fürs Umziehen!»

Und an Frühstück war auch nicht zu denken. Verschlafen und zerzaust, wie Kim war, wuchtete die Großmutter ihr das Ungetüm von einem Tornister auf den Rücken und schob sie aus der Haustür.

So schnell, wie die Großmutter rannte, konnte Kim mit dem Gewicht auf den Schultern kaum Schritt halten. Und so schnell, wie die Großmutter auf Kim einredete, konnte Kim unmöglich zuhören.

«Benimm dich wie ein normales Kind», sagte die Großmutter. «Ich habe einen Ruf zu verlieren. Man kennt mich. Deine Familie ist nämlich ein wohl angesehenes Mitglied der Berliner Gesellschaft. Der halbe Wohltätigkeitsverein hat seine Kinder und Enkelkinder in dieser Schule. Also sitz still. Sag nur was, wenn du gefragt wirst. Kein Wort von Booten, Strandbars und was dir sonst noch durch den Kopf geht. Sei fleißig. Sei artig. Sei ...»

Und dann waren sie auch schon vor einem riesigen dunkelgeklinkerten Gebäude angekommen, und die Großmutter zerrte Kim durch ein gigantisches Eisentor, über Treppen und Gänge und stoppte schließlich vor einer der vielen Türen.

«Ich will keine Klagen hören», sagte sie, spuckte in ein weißes Taschentuch, wischte Kim damit über die Wangen und schob sie in das Klassenzimmer.

«Guten Morgen! Verzeihen Sie die Verspätung. Wir hatten ... es war ... das ist jedenfalls Kimberly Sommer. Auf Wiedersehen», sagte die Großmutter.

Und dann war sie weg, und Kim stand ganz alleine in einem Meer von Augen, die alle in ihre Richtung starrten. Zu allem Überfluss starrten sie ungefähr so, wie die Großmutter gestarrt hatte, als sie Kim zum ersten Mal gesehen hatte, gar nicht erfreut, viel eher ziemlich unerfreut. Wenn diese starrenden Mädchen Kims zukünftige Freundinnen sein sollten, dann musste Kim ihnen dringend ein bisschen bessere Laune machen.

Sag nur was, wenn du gefragt wirst, schoss es Kim noch durch den Kopf, aber da war es schon zu spät. Kims Mund hatte längst entschieden, die unheimliche Stille schön laut aus dem Weg zu räumen.

«Hallo, zusammen!», sagte Kim und zauberte

dabei ihr schelmischstes Lächeln auf die Lippen. «Ich bin gar nicht Kimberly Sommer. Ich bin Kim Krabbenherz. Und ich muss mal sagen, hier in Berlin ist es ganz schön kalt.»

Nichts. Kein Kichern, nicht das kleinste Grinsen. Und auch das Gestarre wurde kein bisschen erfreuter. Am allerunerfreutesten starrten jetzt zwei Augen, die zu einem noch unerfreuteren Gesicht gehörten, das viel zu eng in ein schwarzweißes Kopftuch gezwängt war. Erst als Kim die Kette mit dem Kreuz sah, kapierte sie, dass sich eine der strengen Lehrerinnonnen vor ihr aufgebaut hatte.

«Kimberly Sommer, der Unterricht hat bereits begonnen», sagte die Lehrerinnonne knapp. «Schlage dein Lesebuch auf Seite fünfzehn auf.» Kein *Guten Tag*, kein *Schön, dich kennenzulernen*, nur einen ausgestreckten Zeigefinger hatte diese Lehrerinnonne für Kim übrig.

Und der deutete zu einem Pult in der erstenReihe, an der neben einem Mädchen mit blondem Pagenkopf noch ein freier Stuhl war.

Sei artig, ging es Kim durch den Kopf, und darum nickte sie schnell und beeilte sich, auf ihren Platz zu kommen. Erst als sie saß, warf sie dem Mädchen mit dem blonden Pagenkopf einen Blick und ein Lächeln zu. Den Blick bekam Kim prompt zurück, wenn auch ziemlich mürrisch, und von einem Lächeln war weit und breit nichts zu sehen.

Als Kim in ihrem riesigen Tornister fischte und das richtige Buch nicht finden konnte, war das Mädchen mit dem blonden Pagenkopf auch keine Hilfe.

«Pst!», zischte sie, als Kim um Hilfe bat, und guckte mit einem Blick Richtung Tafel, der so viel heißen sollte wie: Ich bin ein sehr artiges Kind. Und du bist mir schnurzpiepegal.

Das Mädchen mit dem blonden Pagenkopf in Zukunft zur Freundin zu haben schien Kim auf jeden Fall schon mal nicht sonderlich verlockend.

Und weil ihr auch sonst keiner helfen wollte, packte Kim einfach alle Bücher aus dem Tornister auf das Pult, einen ganzen Berg, über den Kim kaum noch gucken konnte.

Doch noch
ehe sie sich ent-
schieden hatte,
ob das Lesebuch
das grüne,
das gelbe oder
das rote war,
hatte sich die

Lehrerinnonne vor ihr aufgebaut und zog ausge-
rechnet das griesgrämig graue aus dem Stapel.

Kim lugte zu dem Mädchen mit dem blonden
Pagenkopf hinüber, fand die Seite, die an der
Reihe war, und starrte auf griesgrämig grau in gries-
grämig grau gezeichnete Bilder von griesgrämig
grau dreinschauenden Leuten und eine Menge
Buchstaben.

«Vanessa», sagte die Lehrerinnonne und meinte
damit das Mädchen neben Kim. «Lies uns die erste
Zeile im zweiten Abschnitt vor.»

«Das ist das Haus von Onkel Klaus», las Vanessa
langsam, aber ohne den kleinsten Patzer. «Der
schaut aus einem Fenster raus.»

«Sehr gut», sagte die Lehrerinnonne und ließ
ihren Blick über die Klasse gleiten.

«Ramona», sagte sie. «Nächste Zeile.»

«Der Onkel Klaus hat eine Frau», las Ramona

genauso fehlerfrei wie Vanessa, verhaspelte sich dann aber in der nächsten Zeile. «Sie tr...ä...gt ein Kle...id, und das ist bl...au.»

«Üben. Üben. Üben», sagte die Lehrerinnonne unzufrieden, und die ganze Klasse warf Ramona unerfreute Blicke zu.

Die Lehrerinnonne suchte die Reihen währenddessen nach einem neuen Opfer ab.

«Kimberly!»

Im ersten Moment war Kim sicher, dass es in der Klasse noch eine zweite Kimberly geben musste, aber als die Lehrerinnonne sich genau vor ihr aufbaute, wurde Kim klar, dass tatsächlich sie gemeint war.

«Aber ich kann nicht», sagte Kim.

Jetzt endlich war Gekicher in der Klasse zu hören. Leider eins von der Sorte, die nicht *mit*, sondern *über* einen kichert. Und jetzt konnte Kim so ein Kichern auch ganz und gar nicht mehr gebrauchen.

«Du willst nicht?», fragte die Lehrerinnonne fassungslos.

«Nein, nein, ich kann nicht», sagte Kim schnell. «Hat die Großmutter denn nicht gesagt, dass ...?»

Aber die Lehrerinnonne hatte nichts gefragt,

und darum hatte Kim auch nicht die Erlaubnis, etwas zu sagen.

«Lies!», sagte die Lehrerinnonne. «Lies das, was du kannst.»

Also suchte Kim in der dritten Zeile im zweiten Abschnitt nach etwas, das ihr bekannt vorkam, und entdeckte zwei Ks, drei Is und ein M in dem Buchstabensalat.

«I, M, K, K, I, I», las Kim und zuckte, als sie fertig war, mit den Schultern.

Jetzt war aus dem Gekicher ein richtiges Gelächter geworden. Ein ganz und gar nicht Zukünftiges-Freundinnen-Gelächter.

«Das ist alles, was du kannst?», fragte die Lehrerinnonne Kim unerfreut. «Du bist schon neun! Mehr kannst du nicht?»

«Mehr nicht», sagte Kim, weil sie ja diesmal etwas gefragt worden war.

Und weil sie eine Sache auch ohne Erlaubnis noch dringend in Erfahrung bringen musste, sagte Kim noch etwas hinterher: «Sag mal, wie lange dauert das denn mit dem Lesenlernen?»

Das hätte sie lieber nicht getan.

«*Du?*», fragte die Lehrerinnonne ungläubig. «Hast du gerade *du* zu mir gesagt?»

«Ähm ... ja», sagte Kim.

«*Sie!*», stieß die Lehrerinnonne fassungslos aus. «Das heißt *Sie*. Schwester Annegret, *Sie*.»

«Sagen Sie mal, wie lange dauert das denn mit dem Lesenlernen?», fragte Kim also so artig, wie sie nur konnte. «Ich habe nämlich nicht so schrecklich viel Zeit, wissen Sie.»

Aber auch mit *Sie* schien Kim nicht ganz den Ton zu treffen, den Schwester Annegret sich vorgestellt hatte.

«Lesen», erklärte sie, «ist ein langwieriger Prozess. Deine Mitschülerinnen haben bereits ein Jahr lang Übung! Wenn du da noch aufholen willst, dann braucht es jede Menge Arbeit und obendrein Gottes Hilfe.»

Ein Jahr? So lange sollte es dauern, bis Kim lesen konnte? Das war ja mindestens zwölfmal so lang, wie Kim eingeplant hatte. Nie und nimmer würde der Großvater ein Jahr brauchen, um gesund zu werden. Und nie und nimmer würde Kim ein Jahr in dieser eiskalten Stadt bleiben, mit Hausarrest und Schwester Annegret und Rasputin an der Leine. Das war wirklich völlig undenkbar.

Schwester Annegret ließ statt Kim jetzt Vanessa den Satz mit den zwei Ks, drei Is und einem M vorlesen.

«An diesem Tag sagt Onkel Klaus zu seiner

Frau, wir gehen aus», las Vanessa und schickte Kim danach ein Lächeln, das natürlich gar kein Lächeln war und so viel hieß wie: Ich bin der Liebling von Schwester Annegret, und du bist genau das Gegenteil.

Und dummerweise hatte Kim das blöde Gefühl, dass Vanessa damit goldrichtig lag, denn bis zur ersten großen Pause hatte Schwester Annegret nicht nur festgestellt, dass Kim nicht lesen konnte, sondern auch spitzgekriegt, dass Kim weder das Einmaleins konnte noch wusste, in welches Meer der Rhein fließt. Dass Kim dafür genauestens über das Paarungsverhalten von Sandwürmern Bescheid wusste und für jeden Fisch den richtigen Köder parat hatte, interessierte Schwester Annegret dagegen gar nicht.

Und somit hatte es keine zwei Stunden gebraucht, bis Kim sich in einer Sache absolut sicher war: Schule mochte sie ganz und gar nicht!

Leute aus
warmen Ländern

Aber vielleicht waren ja Pausen eine gute Sache! In den Pausen waren die Mädchen schließlich unter sich, und keine musste Schwester Annegret beweisen dass sie die Artigste, Fleißigste und Beste im Unerfreut-Gucken war. Kim war sich sicher: In der Pause würde Kim ihre zukünftigen Freundinnen von einer ganz anderen Seite kennenlernen.

Neugierig schaute Kim sich auf dem großen Hof um, entdeckte Vanessa, Ramona und die anderen Mädchen aus ihrer Klasse am anderen Ende und steuerte mit breitem Lächeln auf sie zu.

«Wer von euch hat Lust auf sieben Purzelbäume hintereinander bergabwärts?», fragte Kim unternehmungslustig. «Und hat vielleicht eine von euch einen Drachen, den sie mir mal ausleihen kann? Er müsste es allerdings bis nach Afrika schaffen.»

Kim schaute erwartungsvoll von einer zur anderen. Aber je länger sie schaute, desto tiefer rutschte ihr das Herz in die Hose. Auch in der Pause schienen die Mädchen aus ihrer Klasse nichts als unerfreutes Gestarre und noch unerfreuteres Gekicher für Kim übrig zu haben. Purzelbäumeschlagen und Drachenausleihen waren offensichtlich keine guten Vorschläge gewesen. Und mit einem Mal wurde Kim etwas klar: Hier in Berlin war Kim mindestens so anders wie die Großmutter in Portugal.

«Afrika?», fragte Vanessa gedehnt.

Und ihre Stimme machte klipp und klar, dass sie über Afrika trotz Frage nicht das kleinste bisschen erfahren wollte. Vanessa fragte nur, damit ganz sicher keins der anderen Mädchen überhört hatte, dass Kim *Afrika* gesagt hatte. Und dass Kim *Afrika* gesagt hatte, schien für die Mädchen aus Kims Klasse ein guter Grund für unerfreutes Kichern zu sein.

«Ja, Afrika», sagte Kim trotzdem. «Meine Mutter ist in Afrika.»

«Deine Mutter?», fragte Vanessa wieder nach, damit auch ja keiner etwas Wichtiges verpassen konnte. «In Afrika?»

Diese Unterhaltung fing langsam an, Kim ziemlich auf die Nerven zu gehen. Ganz offensichtlich war Vanessa auf Ärger aus. Und auch wenn Kim sich ganz und gar nicht gerne ärgerte, hatte sie auch keine Lust, sich länger von Mädchen, die

ganz sicher keine zukünftigen Freundinnen werden würden, vergackeiern zu lassen.

«Jawohl. Meine Mutter. In Afrika. Was dagegen?», knurrte Kim.

«Deine Mutter», sagte Vanessa und schenkte
Kim dabei ein Lächeln, von dem es einem wirklich übel werden konnte, «ist, soweit meine Mutter
es von deiner Großmutter beim Wohltätigkeitsclub
gehört hat, abgehauen und hat dich sitzenlassen.»

Ein Raunen ging jetzt durch die Runde, und in
dem Meer von starrenden Augen zogen sich jede
Menge Brauen nach oben und Mundwinkel nach
unten. Kim kam sich mit einem Mal vor, als hätte
sie eine ansteckende Krankheit, vor der alle einen
Schritt zurückwichen. So wie in diesem Moment
hatte Kim sich in ihrem ganzen Leben noch nicht
gefühlt.

«Unsinn!», knurrte Kim trotzdem angriffslustig.

Aber in ihrer Stimme hatte es, ohne dass Kim
es wollte, ein ganz kleines bisschen gezittert. Und
Kim konnte aus Vanessas erfreutem Blick ablesen,
dass sie dieses Zittern sehr wohl gehört hatte.

«Ach ja?», flötete Vanessa und schien umso mehr
Spaß an der Sache zu bekommen, je doller sie Kim
aus der Fassung bringen konnte. «Ich hab gehört,
deine Mutter ist das schwarze Schaf der Familie.

Also, wenn man mich fragt, ich denke, deine Familie hat obendrein noch ein schwarzes Lamm. So ganz richtig ticken tust du auch nicht! Erblich bedingt wahrscheinlich!»

Das Gelächter, das Vanessa für diesen Spruch erntete, nahm sie entgegen wie Applaus. Offensichtlich war sie sicher, dass ihr Plan erfolgreich war: Kims ersten Schultag zum miserabelsten ersten Schultag aller ersten Schultage der Welt zu machen.

Das Dumme war: Vanessas Plan ging tatsächlich auf.

Sosehr Kim auch nach Worten suchte, nach irgendeiner Antwort, die sich gewaschen hatte, nichts wollte ihr einfallen. Kim hatte es mit den beiden Dorfpolizisten aufgenommen, Kim hatte dem schlimmen Sturm getrotzt, sogar der Groß-mutter hatte Kim die Stirn geboten, aber das hier war anders. Das hier war, wie wenn ein ganz klitze-kleines Fischchen in einen Schwarm Piranhas gera-ten ist. Das Einzige, was das klitzekleine Fischchen jetzt noch tun konnte, war, die Flossen in die Hand zu nehmen und im Zickzack an den aufgesperrten Mäulern vorbei das Weite zu suchen.

Und genau das tat Kim.

Sie schlüpfte an Vanessa vorbei, rempelte Ramona um, lief über den Pausenhof, stieß das eiserne Tor auf, flitzte auf die Straße und rannte wie der Blitz in irgendeine Richtung. Nur weg aus dem Piranhabecken!

Kim lief, bis sich ein heftiges Seitenstechen mel-dete und sie zum Anhalten zwang. Völlig außer Atem ließ Kim sich auf die nächstbeste Bank fallen.

Jetzt hatte sie den Salat. Den Piranhas war Kim entkommen, dafür aber würde jeden Moment eine aufgebrachte Schwester Annegret bei der Großmutter anrufen, um ihr mitzuteilen, dass Kim schon am allerersten Schultag davongelaufen war.

Und eine Großmutter, die wusste, dass Kim schon am allerersten Schultag davongelaufen war, war um einiges schlimmer als ein Schwarm Piranhas. Ausgehungerter-Haifisch-schlimm.

Kim musste sich schnellstens etwas überlegen!

Aber Kim konnte sich einfach nicht konzentrieren. Um sie herum war viel zu viel los. Viel zu viele Leute quatschten aufgeregt in ihre Handys, viel zu viele Autos schoben sich hupend durch die Straße, und aus viel zu vielen Geschäften dudelten viel zu viele verschiedene Musiken. Wer sollte bei so einem Krach auf eine gute Idee kommen?

Kim kniff die Augen zusammen, stopfte sich die Zeigefinger in die Ohren und stellte sich einfach vor, sie läge in Mamas Boot, lauschte auf das Rauschen der Wellen und schaute in den blitzeblauen Himmel, in dem es bekanntlich von guten Ideen nur so wimmelte.

Und da war auch schon eine! Wie eine Schönwetterwolke kam eine Erinnerung über den blitzeblauen Himmel auf Kim zugeschwebt. Kim sah genau vor sich, wie sie für Marco und den Großvater auf der Veranda eine Vorstellung gegeben hatte: Kim in der Rolle der Großmutter.

Das war es! Wenn selbst der Großvater fand, dass Kim die Stimme der Großmutter täuschend echt nachmachen konnte, dann würde sie ganz sicher auch Schwester Annegret hinters Licht führen können.

Kim hatte jetzt keine Zeit mehr zu verlieren. Sie sprang auf, fand eine Telefonzelle und kramte ein paar Cent zwischen den Sandkörnern in ihrer Hosentasche hervor. Aber kaum hatte sie das dicke Telefonbuch aufgeschlagen, da fiel es ihr wieder ein.

«Mist. Ich kann ja nicht lesen!», murmelte Kim.

Und deshalb brauchte Kim jetzt dringend Hilfe beim Telefonbuchlesen.

«Hallo! Du da! Kannst du mir mal ...», rief Kim, aber der Mann im grauen Anzug hörte ihr überhaupt nicht zu.

Er redete geschäftig in sein kleines silbernes Handy und fuchtelte dabei wild mit den Händen. «Daimler kaufen. Siemens abstoßen. Telekom beobachten. Und buchen Sie mir einen Flug nach New York.»

«He! Hallo!», rief Kim dem Nächsten zu. «Kannst du mir bitte aus dem Telefonbuch ...»

Aber auch hier hatte Kim kein Glück. Die Frau mit den viel zu hohen Absätzen schien Kim ebenfalls nicht hören zu können. Wahrscheinlich lag das daran, dass die riesigen Glitzerklunker an ihren Ohren alle Geräusche verschluckten. In der einen Hand einen Pappbecher, in der anderen drei Einkaufstüten, schaute sie jedenfalls über Kim hinweg und steuerte zielsicher auf einen Laden zu, in dem es noch mehr viel zu hohe Absätze an silbernen Sandalen gab.

Kim kam es langsam so vor, als wenn Berlin ein einziger Schulhof mit hungrigen Piranhas wäre. So viel Unfreundlichkeit kam unter Garantie davon, dass hier alle schon seit Jahren bei mindestens zehn Grad zu wenig leben mussten. In Portugal hatten die Leute so viel Sonne, dass sie nicht nur von außen, sondern auch von innen immer schön warm wurden. Und das machte die Leute in Portugal zu ziemlich netten Zeitgenossen.

«Brauchst du Hilfe?», hörte Kim in dem Moment jemand fragen.

Und als sie sich nach links drehte, schaute Kim in ein schokoladenbraunes Gesicht mit unglaublich weißen Augen und einem ebenso weißen Lächeln, das von einem kräuseligen Bart umwuchert wurde.

Der schokoladenbraune Mann deutete zu einem kleinen Laden, in dessen Schaufenster sich die seltsamsten Dinge stapelten: fellbespannte Trommeln, zusammengeschrumpfte Köpfe und jede Menge Tiegel und Päckchen mit sonst was als Inhalt.

«Ich hab heute nicht viel Kundschaft», sagte er, «und da habe ich dich eine Weile beobachtet. Offensichtlich will dir niemand helfen.»

Kim ließ ihr breitestes Lächeln auf die Mundwinkel klettern und seufzte erleichtert.

«Wie gut, dass endlich mal jemand vorbeikommt, der aus einem warmen Land ist!», lachte sie.

«Senegal», sagte der schokoladenbraune Mann.

«Kim Krabbenherz», sagte Kim.

«Nein, nein», lachte der schokoladenfarbene Mann. «Mein Name ist Amadou. Senegal ist in Afrika, meine Heimat.»

«Ach so!», sagte Kim. «Ich komme aus Portugal. Da ist es auch sehr warm.»

Dann gaben Kim und Amadou sich die Hand zum ausgiebigen Schütteln. Und Kim wusste sofort: Mit Amadou würde sie sich verstehen, alleine wegen der angenehmen Temperatur in seinem Inneren.

«Amadou», sagte Kim. «Ich brauche aus dem Telefonbuch die Nummer von der St. Helenen-Schule. Kannst du mir die bitte raussuchen? Ich kann nämlich nicht lesen.»

«Kein Problem», sagte Amadou, hatte in wenigen Sekunden die richtige Seite aufgeschlagen und diktierte Kim die Nummer.

Nach nur zweimal Tuten wurde abgenommen.

«St. Helenen-Schule, Sekretariat, Schwester Maria-Elisabeth.»

«Guten Tag!», flötete Kim mit fast genau derselben Stimme wie der der Großmutter.

Amadou riss staunend die Augen auf und ließ sehr viel Schneeweiß sehen.

«Hier ist die Großmutter von Kimberly Sommer», sagte Kim. «Ich hätte gerne Schwester Annegret gesprochen.»

«Moment, ich verbinde ins Lehrerzimmer», sagte Schwester Maria-Elisabeth, es knackte ein paarmal in der Leitung, und dann war auch schon Schwester Annegret dran.

«Ja bitte», sagte sie.

«Hier ist die Großmutter von Kimberly Sommer», sagte Kim wieder. «Sie haben sich sicher schon gewundert, dass Kimberly nach der Pause nicht zurück in den Unterricht gekommen ist.»

«Allerdings», sagte Schwester Annegret. «Und auch darüber, dass Ihre Enkelin ganz und gar nicht lesen kann.»

«O ja!», sagte Kim in der unerfreutesten Stimmlage, die sie je bei der Großmutter gehört hatte. «Das mit dem Lesen ist wirklich eine Schande!»

«Hm», machte Schwester Annegret und schien

schon ein bisschen weniger ärgerlich zu sein. «Und wieso war Kimberly nach der Pause nicht in der Klasse?»

«Also», sagte Kim und atmete noch einmal tief durch, um so großmütterlich wie möglich zu klingen. «Wir haben einen Notfall in der Familie. Meinem Mann, Kimberlys Großvater, geht es gar nicht gut. Und darum muss ich Kim bis auf weiteres aus der Schule nehmen.»

«Bis auf weiteres?», fragte Schwester Annegret unerfreut.

«Bestimmt bis Ende der Woche», sagte Kim schnell. «Und jetzt entschuldigen Sie mich. Mein Mann ruft.»

Klick! Schon hing der Hörer wieder in der Gabel, und Kim rieb sich zufrieden die Hände.

«Kimberly Sommer?», fragte Amadou erstaunt.

«Für dich Kim Krabbenherz», sagte Kim. «Und jetzt erzähl mir alles, was es über Afrika zu erzählen gibt. Ich kenne nämlich jemanden, der da zu Besuch ist!»

A wie Affe

«Wie war dein erster Schultag?», fragte die Großmutter, als Kim sich an den Tisch gesetzt und von Silvana einen Teller mit jeder Menge schlapper Spinatblätter und einem blassen Stück Fleisch vorgesetzt bekommen hatte.

«Super!», log Kim, stocherte in dem Spinat herum und fand zu ihrer Überraschung darunter ein paar krossfrittierte Pommes frites.

Als Kim Silvana einen verwunderten Blick zuwarf, zwinkerte die ihr zu, und Kim verstand sofort: Von der Sonderbehandlung musste die Großmutter nichts wissen.

Zum Glück war die auch viel zu sehr damit beschäftigt, Silvana herumzukommandieren.

«Waren Sie mit dem Tier Gassi?», fragte die Großmutter gerade.

«Schon zweimal», sagte Silvana und zeigte dabei verstohlen auf Kims Serviette.

Und als Kim die Serviette auffaltete, fand sie ein kleines silbernes Schlüsselchen, von dem die Großmutter ganz sicher auch nichts wissen sollte.

Aber noch bevor Kim Silvana einen fragenden Blick zuwerfen konnte, wurde die auch schon zum Abwaschen in die Küche geschickt.

Während Kim darüber nachgrübelte, für welches Schloss das silberne Schlüsselchen wohl sein könnte, steckte sie sich immer genau dann eine geheime Pommes Frites in den Mund, wenn die Großmutter gerade auf ihren Teller guckte. Und da die Großmutter beim Essen meistens stur auf ihren Teller guckte, hatte Kim die geheimen Pommes frites schnell verputzt.

«Wie ist denn deine Lehrerin?», fragte die Großmutter, als sie mit ihrer Portion fertig war.

«Sehr nett!», log Kim, und weil die Großmutter nicht wirklich aussah, als hätte sie das hören wollen, fügte Kim schnell hinzu: «Aber auch sehr streng!»

Das gefiel der Großmutter schon besser.

«Und die Mitschülerinnen?», fragte sie. «Du weißt, dass das alles Mädchen aus den besten Häusern der Stadt sind. Ihre Eltern sind Diplomaten, Stadträte und sehr erfolgreiche Industrielle.»

«Ach, deshalb sind die so!», flutschte es Kim heraus, aber noch ehe die Großmutter misstrauisch werden konnte, bog sie den Satz schnell gerade. «So wahnsinnig gut erzogen!»

Bestens! Die Großmutter nickte zufrieden.

«Wenn du erst eine Weile den richtigen Umgang genossen hast», sagte sie, «dann wird aus dir auch so ein fabelhaftes Mädchen werden. Du wirst sehen.»

Ganz sicher würde Kim das nicht sehen. Und ganz sicher wollte Kim das auch gar nicht sehen. Nie und nimmer würde aus ihr ein Mädchen wie Vanessa.

«Und was hast du gelernt?», fragte die Großmutter.

«Das ist das Haus von Onkel Klaus. Der schaut aus einem Fenster raus. Der Onkel Klaus hat eine Frau. Sie trägt ein Kleid, und das ist blau», sagte Kim wie aus der Pistole geschossen, und die Großmutter war damit offensichtlich äußerst zufrieden.

«Und hast du Hausaufgaben auf?», fragte sie.

«Nein», sagte Kim.

«Nein?», fragte die Großmutter misstrauisch.

«Nicht am allerersten Tag», sagte Kim schnell. «Das ist so eine Regel von Schwester Annegret.»

«Soso», sagte die Großmutter.

Und Kim aß schnell den Spinat und das Fleisch, um dann so artig wie die fabelhaften Mädchen aus ihrer Klasse zu fragen: «Großmutter, darf ich jetzt den Großvater besuchen?»

Und das durfte sie tatsächlich.

Also schnappte Kim sich, ohne dass die Groß-mutter es sah, das silberne Schlüsselchen und rannte aus dem Zimmer.

«Aber kein Wort über Portugal», rief die Groß-mutter ihr noch nach. «Der Großvater hat sich gerade wieder halbwegs beruhigt. Ich will nicht, dass du ihn erneut aufregst!»

«Ja klar!», rief Kim, aber das meinte sie natürlich ganz und gar nicht ernst.

Und die Treppe rannte sie auch ganz und gar nicht hoch. Denn statt zum Großvater machte sich Kim als Allererstes einmal auf den Weg in den Hof. Den ganzen Vormittag hatte Rasputin jetzt schon an der Kette vor dem Schuppen gelegen. Es wurde höchste Zeit, dass Kim ihm ein bisschen Abwechs-lung verschaffte.

Für Abwechslung allerdings hatte Rasputin schon selbst gesorgt, wenn auch für ziemlich unan-genehme.

Bei dem Anblick, der sich Kim im Hof bot, stan-den ihr sofort vor Schreck die Härchen auf den Armen hoch. Wie auch immer er das geschafft hatte, Rasputin war dermaßen in seine Kette verwi-ckelt, dass er sie sich mit jedem Zerren und Ziehen nur noch enger um die Gurgel schnürte.

«Beweg dich nicht!», rief Kim und versuchte dann vorsichtig, Rasputin aus seinen Fesseln zu befreien.

Aber Rasputin hatte sich so fest verschnürt wie ein Weihnachtsgeschenk, das nicht ausgepackt werden wollte.

«Ach dafür!», rief Kim plötzlich. «Natürlich!»

Sie kramte den silbernen Schlüssel aus der Hosentasche, suchte in dem Kettenwirrwarr das Schloss, fand es um Rasputins Schwanz gewickelt und steckte das Schlüsselchen hinein. Es passte!

In Sekundenschnelle war Rasputin losgemacht und genoss seine plötzliche Freiheit mit einer Runde Springen und Scharren in Großmutters

Rosenbeeten. Bevor er allerdings alles einmal von oben nach unten gebuddelt hatte, winkte Kim ihn zu sich.

«Wir müssen ins Haus und dann an der Groß-mutter vorbei, ohne dass sie uns sieht!», flüsterte Kim.

Also machten die beiden sich wie zwei Diebe auf Zehen- und Pfotenspitzen auf den Weg und gelangten tatsächlich unentdeckt in Großvaters Zimmer.

Rasputin sprang dem Großvater zur Begrüßung auf den Schoß und schleckte genüsslich seine Glatze blank. Und Kim hatte nichts Dringenderes zu tun, als genau mit dem Thema herauszuplatzen, das die Großmutter ihr noch vor wenigen Minuten verboten hatte.

«Ich habe jemanden kennengelernt, der kommt aus einem Land, wo es noch viel wärmer ist als in *Portugal*!», rief Kim aufgeregt, warf sich neben Rasputin auf Großvaters Schoß und gab ihm einen Kuss auf die abgeschleckte Glatze.

«Er heißt Amadou und kommt aus Senegal», erzählte Kim weiter.

«Aber du gehst doch auf eine Mädchenschule», sagte der Großvater verwirrt und kratzte sich das Kinn.

«Amadou habe ich ja auch nicht in der Schule kennengelernt», sagte Kim. «Sondern in einem Telefonhäuschen.»

«Ach so», sagte der Großvater und war offensichtlich froh darüber, dass das Missverständnis diesmal nicht an seiner Vergesslichkeit gelegen hatte.

«Senegal liegt in Afrika!», erklärte Kim. «Und ich habe Amadou über alles ausgefragt, was wir über Afrika wissen müssen.»

Der Großvater guckte Kim fragend an.

«Wegen Mama!», half Kim ihm auf die Sprünge. «Pass auf! Senegal liegt genau wie Portugal am Atlantik. Es kann also sehr gut sein, dass Mama in Senegal gelandet ist, wenn sie an Marokko und noch zwei anderen Ländern vorbeigeschippert ist!»

«Hm», machte der Großvater, aber Kim war jetzt viel zu aufgeregt, um alles ganz langsam und doppelt zu erzählen.

«Senegal ist wunderschön, sagt Amadou. Und nur ein bisschen größer als Portugal. Es ist bestimmt gar nicht so schwierig, jemanden zu finden, der in Senegal ist.»

«Hm», machte der Großvater wieder.

«Dumm ist nur», plapperte Kim weiter, «dass die Leute in Senegal französisch sprechen, und Mama kann doch nur Deutsch, Englisch und Portugiesisch. Na ja. Aber auch in Senegal gibt es Telefon und Post. Also kann Mama anrufen oder schreiben. Wenn sie will.»

«Hm», machte der Großvater wieder.

Und auch bei Kim ließ die Aufregung ein bisschen nach und machte dafür einem neuen, nicht so besonders tollen Gedanken Platz: Wirklich viele brauchbare Informationen hatte sie von Amadou nicht bekommen.

«Wahrscheinlich», murmelte Kim deshalb halbherzig, «ist Mama ja auch gar nicht in Senegal. Aber für den Fall, dass sie doch in Senegal ist, gebe ich Amadou morgen mal eine genaue Beschreibung von ihr. Besser wäre natürlich ein Foto, aber ich hab keins. Vielleicht, wenn er genug Geld hat, fährt Amadou im Winter nach Hause, und dann kann er ja mal nach einer Frau mit feuerroten Haaren Ausschau halten.»

Jetzt war fast alle Aufregung aus Kim herausgetröpfelt. Ein ganz kleines bisschen saß noch im Bauch versteckt, und Kim rührte sich nicht, damit es blieb, wo es war.

«Hm», machte der Großvater dummerweise in dem Moment und starrte Richtung Fußleiste, genau auf die Stelle, an der Amigos Mauseloch war. «Wer einmal weg ist, der kommt wohl nicht zurück.»

Jetzt war auch das letzte bisschen Aufregung futsch. Aber bevor sich statt der Aufregung etwas sehr Mulmiges in Kims Bauch schleichen konnte, plapperte sie schnell los: «Aber Amigo ist doch gar nicht weg! Er ist in Portugal geblieben. Weißt du denn nicht mehr? Als der Sturm kam, ist Amigo weggelaufen. Und als er sich in einem sehr gemütlichen Mauseloch verstecken wollte, ist er mitten in das Wohnzimmer einer Mausefrau gerannt.»

Der Großvater hatte jetzt ganz glänzende Augen bekommen, also erzählte Kim schnell weiter.

«Die beiden, Amigo und die Mausefrau, die haben sich sofort ineinander verliebt. Unsterblich! Und deshalb ist Amigo nicht mehr zurückgekommen. Du weißt doch, Großvater, wer unsterblich verliebt ist, der vergisst alles um sich herum!»

«Vielleicht vergesse ich deshalb alles», sagte der Großvater erstaunt, «weil ich verliebt bin!»

«Bestimmt!», nickte Kim eifrig. «Du bist verliebt in ...»

«Meine Frau!», sagte der Großvater.

Und auch wenn Kim sich ganz und gar nicht vorstellen konnte, dass irgendjemand tatsächlich in die Großmutter verliebt sein konnte, stimmte sie zu.

«Und jetzt pass mal auf, Großvater!», sagte sie dann. «Ich brauche deine Hilfe!»

«Aha», sagte der Großvater neugierig.

«Es ist nämlich so», sagte Kim, «dass ich nicht mehr in diese Schule gehen werde. Ich habe beschlossen, dass das nichts für mich ist und dass ich alles, was es in der Schule zu lernen gibt, auch hier lernen kann. Von dir!»

Jetzt machte der Großvater große Augen.

«Von mir?», fragte er erstaunt.

«Du kannst doch lesen und bis tausend zählen?», fragte Kim.

«Sicher», sagte der Großvater.

«Und du weißt doch auch, in welches Meer der Rhein fließt?», fragte Kim weiter, schüttelte dann aber entschieden den Kopf. «Nein, so was muss ich gar nicht lernen. Nur lesen und bis tausend zählen. Du bringst es mir bei. Jeden Nachmittag ein bisschen.»

Bei Kim würde es eben einfach umgekehrt laufen: Morgens, wenn die anderen Kinder in der

Schule waren und lesen lernten, würde Kim durch Berlin streifen. Und nachmittags, wenn die anderen Kinder frei hatten, würde Kim mit dem Großvater lesen lernen.

Kim streckte dem Großvater die Hand hin. «Abgemacht?»

«Abgemacht!», sagte der Großvater.

Und weil es keine Zeit zu verlieren gab, fingen sie gleich mit der ersten Lesestunde an. Kim lernte zusätzlich zu dem K, dem I und dem M das A, das B, das D, das E und das F kennen. So viele Buchstaben brachte ihr der Großvater an diesem einen Nachmittag bei, dass Kim am Abend schon Kamm, Emma, Dieb, Affe und Bad buchstabieren konnte.

«Und morgen bringe ich dir das C bei», sagte der Großvater glücklich, als Kim und Rasputin sich verabschiedeten. «Das C ist nicht ohne. Es versteckt sich in ch und ck, und es hört sich meistens an wie ein K.»

Kim verstand nur Bahnhof, aber weil der Großvater beim Gedanken an das C so zufrieden strahlte, nickte sie eifrig: «Auf das C freue ich mich schon ganz besonders!»

Dann huschten Kim und Rasputin auf Zehen- und Pfotenspitzen in Kims Zimmer, und Kim ließ Rasputin zwischen den vielen Stofftieren Sitz machen.

«Du bleibst hier», erklärte Kim. «Und wenn die Großmutter reinkommt, musst du so tun, als wärst du eins von den Stofftieren!»

Rasputin bellte zustimmend, aber Kim legte den Finger auf den Mund.

«Stofftiere bellen nicht, und sie wedeln auch nicht mit dem Schwanz», erklärte sie.

Und weil Rasputin diesmal nur ganz leicht mit dem Kopf nickte, wusste Kim, dass er verstanden hatte, und ließ ihn beruhigt alleine. Sie wollte Silvana vor dem Schlafengehen noch um ein paar Dauerwürste aus der Vorratskammer bitten.

Auf dem Weg zur Küche blieb Kim allerdings wie angewurzelt vor der angelehnten Salontür stehen.

Mit besenstielgeradem Rücken auf dem steinharten Sofa saß die Großmutter vor einem riesigen Stapel Fotoalben, klappte gerade das eine zu und nahm ein neues auf den Schoß. Langsam wendete sie eine Seite nach der anderen um und machte dabei ein Gesicht, aus dem Kim nicht wirklich schlau werden konnte. Ein bisschen sah die Großmutter aus, als schaute sie sich Fotos von grauen Regentagen an, ein bisschen, als durchblätterte sie Erinnerungen an einen gelungenen Sommer-urlaub.

«Das macht sie öfter, wenn sie sich unbeobachtet fühlt», hörte Kim plötzlich Silvana flüstern.

«Was sind das denn für Fotos?», wisperte Kim zurück.

Silvana zuckte mit den Schultern. «Ich konnte noch keinen Blick darauf erhaschen. Sie versteckt sie im Schrank, und ich weiß nicht, wo sie den Schlüssel aufbewahrt. Aber immer, wenn sie in den Alben geblättert hat, sind danach ihre Augen ganz feucht, und ihre Laune ist hundsmiserabel. Ich mach dann immer, dass ich ihr aus dem Weg gehe, damit sie mir nicht irgendwelche Sonder-befehle gibt.»

«Verstehe», flüsterte Kim.

Und dann machte Kim sich zusammen mit Silvana auf den Weg in die Vorratskammer, um ein Abendessen für Rasputin zusammenzustellen.

«Morgen», sagte Kim dabei so nebensächlich wie möglich, «soll ich Rasputin mit in die Schule nehmen, hat Schwester Annegret gesagt. Wir neh-men nämlich gerade Hunde durch und brauchen ein lebendiges Beispiel.»

«Wirklich?», fragte Silvana. «Weiß die gnädige Frau denn davon?»

«Nein», sagte Kim. «Und ich denke, das muss sie auch nicht wissen.»

Und dabei beließen sie es, weil Silvana von solchen Dingen lieber gar nicht all zu viel wissen wollte und Kim schon einen Idee hatte, wie die Großmutter tatsächlich von nichts etwas mitbekommen würde.

Mit der Trommel fliegen

Am nächsten Morgen staunte die Großmutter nicht schlecht. Sie hatte wohl damit gerechnet, dass sie Kim wieder auf den letzten Drücker aus dem Schuppen herauszerren musste, aber genau das Gegenteil war passiert: Als die Großmutter misstrauisch in Kims Zimmer guckte, saß die, in eins der karierten Kleider gesteckt, die Haare ordentlich gekämmt, zwischen ihren Stofftieren auf dem Sessel und strahlte der Großmutter entgegen.

«Morgen!», rief Kim. «Gut geschlafen?»

«Ähm», antwortete die Großmutter und blinzelte misstrauisch über das Heer von Stofftieren.

Irgendetwas schien ihr komisch vorzukommen, aber weil sie nicht mit Sicherheit herausfinden konnte, was es war, entschied die Großmutter kurzerhand, dass es wohl Kims tadelloser Anblick sein musste. Von dem lebendigen Stofftier zwischen all den Plüschhasen und -bären bemerkte sie nichts.

Und nachdem Kim genauso artig wie sie sich zurechtgemacht hatte, auch noch eine Tasse grünen Tee und eine Scheibe Schwarzbrot mit Käse verputzt hatte, war die Großmutter überhaupt nicht mehr misstrauisch, sondern sehr gut gelaunt, sodass für Kim genau der richtige Zeitpunkt gekommen war, ihren Plan für einen freien Vormittag einzufädeln.

«Du, Großmutter», sagte Kim also. «Wieso fährt Silvana mich eigentlich nicht zur Schule? Ich meine, das würde dir doch eine Menge Zeit sparen, in der du dich um die armen Kinder in deinem Wohltätigkeitsclub kümmern könntest.»

Und als hätte Silvana geahnt, dass Kim ihre Hilfe gebrauchen könnte, stand sie plötzlich im Zimmer und nickte erfreut. «Das wäre sogar sehr praktisch. Ich könnte auf dem Rückweg gleich die Einkäufe erledigen und mit dem Hund Gassi gehen.»

Und als wenn sich alle zusammengetan hätten, um Kims Plan auch wirklich in Erfüllung gehen zu lassen, stand plötzlich auch noch der Großvater im Zimmer.

«Ich bin dafür», sagte er, obwohl Kim seiner gerunzelten Stirn ansehen konnte, dass er gar nicht wirklich wusste, um was es eigentlich ging.

Als die Großmutter sich also drei sehr überzeugten Augenpaaren gegenübersah, konnte selbst sie nicht mehr anders, als zu nicken. «Dann machen wir es so!»

Zum Glück verschwand sie direkt danach im Salon, um die Morgenzeitung zu lesen. Kim flitzte in ihr Zimmer zurück und erweckte eins der vielen Kuscheltiere mit einem dicken Knutscher auf die feuchte Nase zum Leben.

«Rasputin, du darfst jetzt wieder du sein», sagte Kim, und Rasputin wedelte vor lauter Glück so sehr mit dem Schwanz, dass links und rechts die Stofftiere übereinanderpurzelten.

Mit Rasputin auf den Versen und dem Tornister auf dem Rücken stiefelte Kim dann in Silvanas Begleitung äußerst vergnügt Richtung Schule. Dort angekommen, winkte Kim Silvana noch eine Weile nach und tat dann so, als würden sie und Rasputin wie alle anderen Mädchen hinter dem eisernen Tor verschwinden.

Taten sie aber nicht. Kaum war Silvana außer Sichtweite, schlüpften Kim und Rasputin zurück auf die Straße und rannten los.

«Ich stelle dir jetzt meinen neuen Freund Amadou vor», sage Kim zu Rasputin, als sie das seltsame Geschäft mit den vielen seltsamen Dingen im Schaufenster erreicht hatten.

Aber als Kim die Tür öffnen wollte, musste sie feststellen, dass Amadou noch gar nicht da war.

Also warteten sie.

Sie warteten, während ringsum die Rollläden der Schaufenster hochgezogen wurden. Sie warteten, als immer mehr Menschen mit Einkaufstüten und Handys am Ohr vorbeihasteten. Sie warteten bestimmt schon zwei Stunden, als Amadou endlich angeschlendert kam.

«Du bist aber früh!», sagte er.

«Du bist aber spät!», sagte Kim.

Und nachdem Amadou und Rasputin sich bei einer Runde Schnüffeln und Streicheln kennen- und sofort mögen gelernt hatten, schloss Amadou die Tür auf und schob seine Gäste in das kleine Geschäft.

«Boh!», rief Kim und schaute sich staunend in dem vollgestopften Raum um. «Was ist das alles?»

«Das ist alles aus Afrika», sagte Amadou und nahm eine bunte Packung aus dem Regal, auf der eine schokoladenbraune Frau mit langen glänzenden Haaren abgebildet war. «Das hier ist zum Beispiel ein Mittel, mit dem man krause Haare glatt machen kann.»

«Wieso will das jemand?», fragte Kim und musste daran denken, wie die Großmutter sie zum Frisör geschleppt hatte, damit der ihre Locken in traurige schlappe Strähnen verwandelte.

«Manche Menschen», sagte
Amadou, «wollen immer jemand
anders sein. Das gilt für Weiße
genauso wie für Schwarze.»

«Merkwürdig», fand Kim.

«Ja, merkwürdig», fand auch
Amadou.

«Und was ist das?», fragte
Kim und deutete auf eine kleine
Puppe aus Stoff und Stroh.

«Das ist eine Voodoo-Puppe»,
sagte Amadou.

«Ich spiele nie mit Puppen»,
murmelte Kim.

«Mit einer Voodoo-Puppe
spielt man auch nicht», sagte
Amadou. «Mit einer Voodoo-
Puppe kannst du in Verbindung
zu einem Menschen treten, der
gar nicht da ist.»

«Echt?», fragte Kim aufgeregt.

«Ja, wirklich», sagte Amadou.
«In Afrika haben die Mediziner
früher sogar Menschen geheilt,
die in ganz abgelegenen Dör-
fern wohnten, nur indem sie

die Puppe behandelt haben. Wenn du der Puppe etwas Gutes tust, dann spürt der Mensch, an den du dabei denkst, das ganz genau.»

«Wenn ich die Puppe in den Arm nehme und dabei ganz feste an Mama denke, dann fühlt Mama sich von mir gedrückt, auch wenn sie ganz weit weg ist?», fragte Kim und konnte ihre Aufregung jetzt gar nicht mehr im Zaum halten.

«So ist es», sagte Amadou, holte eine besonders schöne Voodoo-Puppe vom Regal und drückte sie Kim in die Hand. «Schenke ich dir.»

«Danke», sagte Kim fassungslos, drückte der Puppe auf der Stelle ein Dutzend Küsse auf den Kopf und stellte sich vor, wie Mama in Afrika plötzlich ein leichtes Kribbeln auf der Kopfhaut spüren würde.

Bestimmt würde Mama sich am Scheitel kratzen, sich fragen, was das für ein komisches Gefühl war, und ganz plötzlich an Kim denken, genau, wie Kim gerade an sie dachte.

«Kim Krabbenherz», sagte Amadou, als Kim fertig war mit küssen. «Kannst du eigentlich trommeln?»

«O ja», sagte Kim. «Zu Hause hab ich immer auf den Mülltonnen getrommelt, bis alle Möwen vom Dach der Bar geflattert sind.»

«Na, dann komm mal her», sagte Amadou, gab Kim eine kleine und nahm sich selbst eine große mit Leder bespannte Trommel.

«Setz dich auf den Boden, klemm die Trommel zwischen die Beine und hör einfach auf den Rhythmus. Den Rest machen deine Hände von alleine», sagte Amadou und fing an zu trommeln.

Das war herrlich! Kims Hände hatten sofort kapiert, was sie tun mussten. Sogar Rasputin bellte im Takt, während Kim und Amadou immer schneller und schneller die Hände auf und ab fliegen ließen. Sie trommelten so wild, dass ihnen bald die Schweißtropfen von der Stirn kullerten. So wild trommelten sie, dass die Zeit sich plötzlich in Luft auflöste. Statt Sekunden gab es nur noch Trommelschläge. Und ohne Sekunden gab es keine Minuten, und ohne Minuten gab es keine Stunden, und ohne Stunden war plötzlich alles egal, das Wo, das Wann und auch das Wie.

Ab und zu ging die Ladentür auf, und ein Kunde betrat den Raum, guckte verdutzt auf die beiden Trommler, ließ sich schnell vom Rhythmus anstecken, schnappte sich dann ebenfalls eine Trommel vom Regal und machte mit.

Nach zwei Stunden war der Laden so voll mit trommelnden Menschen, denen die Schweißperlen von der Nase tropften, dass alles vibrierte. Die Voodoo-Puppen tanzten auf den Regalbrettern, die alte Registrierkasse sprang bimmelnd von ganz alleine auf, und auch in Kims Kopf war nichts mehr da, wo es vorher gewesen war. Die Gedanken hüpften so lange durcheinander, bis sie sich wie Sternschnuppen am Nachthimmel in nichts auflösten.

Erst als ein wutschnaubender Mann mit ganz und gar nicht schokoladenfarbener Haut in den Laden stürmte und Amadou damit drohte, diesmal wirklich die Polizei zu rufen, verstummten die Trommeln.

«Wir hören ja schon auf», sagte Amadou.

Und als der gar nicht schokoladenfarbene Mann aus der Tür stürmte, rief Amadou ihm nach: «Geh mal unter die Sonnenbank!»

Und Kim rief: «Vielleicht wirst du dann ein bisschen warm innen drin!»

Wenig später standen wieder alle Trommeln zurück in den Regalen, und Amadou bediente die müdegetrommelten Kunden. Danach brühte er einen scharfen Tee auf und stieß mit Kim auf das gelungene Konzert an.

«Irgendwann hatte ich beim Trommeln das Gefühl, ich fliege», sagte Kim.

«Du *bist* geflogen», sagte Amadou. «Und weißt

du was: Wenn du dich ganz und gar dem Rhythmus der Trommeln überlässt, kannst du sogar bestimmen, wohin zu fliegst.»

«Wirklich?», fragte Kim fassungslos.

«Wirklich!», sagte Amadou.

Dann klatschte er unternehmungslustig in die Hände.

«Höchste Zeit für was zu essen», sagte er und warf einen Blick auf die verstaubte Uhr an der Wand. «Schon nach ein Uhr Mittag!»

Ach herrje! Plötzlich war die Zeit einfach so wieder zurückgekommen. Statt der Trommelschläge tickten wieder Sekunden. Die Sekunden machten Minuten und die Minuten wurden zu Stunden. Zu Schulstunden!

«In zehn Minuten ist die Schule aus!», rief Kim erschrocken. «Ich muss dringend ...»

Und dann war sie auch schon mit Rasputin aus dem Laden gerannt.

So schnell sie nur konnte lief Kim durch die Straßen, denn sie musste unbedingt vor Silvana an der Schule ankommen. Und tatsächlich schaffte Kim es auf den letzten Drücker bis an das gigantische Eisentor. Als sie wie wild nach Atem schnappte, erklang in der Schule gerade die Glocke. Kim hatte Glück gehabt.

Oder doch nicht?

«Was machst du denn hier?», hörte sie plötzlich eine Stimme in ihrem Rücken fragen.

Vanessas Stimme!

«Schwester Annegret hat erzählt, du musst bis auf weiteres zu Hause bleiben wegen deines Großvaters!», sagte Vanessa und warf einen interessierten Blick auf Rasputin, der sofort die Nackenhaare aufstellte und ein unerfreutes Knurren von sich gab.

«Muss ich ja auch», sagte Kim schnell. «Ich hab nur meinen Hund Gassi geführt und bin zufällig hier vorbeigekommen. Jetzt muss ich sofort …»

Weiter kam Kim nicht, denn in dem Moment lief Silvana über die Straße auf sie zu und winkte freudestrahlend mit beiden Händen.

«Wie war dein Schultag?», fragte Silvana. «War Schwester Annegret froh, dass du Rasputin mitgebracht hast?»

Verflixt!

Auf Vanessas Gesicht wuchs ein sehr breites Grinsen. Für jemanden, der Vanessa nicht kannte, konnte es aussehen, als würde sie Kim zum Abschied zulächeln.

«Ist das deine neue Freundin?», fragte Silvana deshalb, als sie Kim an der Hand nahm und sie sich auf den Rückweg machten.

Für jemanden wie Kim, der Vanessa schon ein bisschen genauer kannte, stand natürlich felsenfest, was dieses Lächeln zu bedeuten hatte. Eine Katastrophe!

«Nein», sagte Kim deshalb. «Das ist nicht meine neue Freundin, das ist mein nigelnagelneuer Albtraum!»

Einmal Afrika und zurück

Auf Zehenspitzen schlich Kim in ihr Zimmer und versteckte die Voodoo-Puppe neben den Briefen in Mamas Zwiebackdose.

«Vielleicht sagt Vanessa ja doch nichts», seufzte Kim und schaute Rasputin fragend an.

Aber so, wie Rasputin den Schwanz einklemmte und die Ohren hängen ließ, war Kims Wunsch wohl alles andere als erfüllbar.

«Dann sollte ich es der Großmutter vielleicht besser selbst sagen, bevor Schwester Annegret es tut?», fragte Kim.

Und weil Rasputin zustimmend mit dem Schwanz wedelte, machte sich Kim schweren Herzens auf den Weg zum Salon.

Auf jeder zweiten Treppenstufe wollte Kim es sich lieber noch einmal anders überlegen. Konnte sie aber nicht, weil Rasputin ihr bei jedem Zögern einen auffordernden Stups mit der Schnauze gab. So lange stupste er Kim, bis sie in der Halle angekommen war. Jetzt gab es kein Zurück mehr!

Aber als Kim vorsichtig die Nase durch den

Spalt in der Salontür steckte, sah sie die Großmutter besenstielgerade am Sekretär sitzen, den Telefonhörer in der Hand.

Mist! So zerknirscht, wie die Großmutter dreinschaute, konnte nur einer am anderen Ende der Leitung sein: Schwester Annegret!

«Ein Krankheitsfall in der Familie ... Kimberlys Großvater ... Bis auf weiteres», wiederholte die Großmutter tonlos, was Schwester Annegret ihr zu berichten hatte. «Ich habe angerufen ... Gestern.»

Dann herrschte einen Moment lang Stille. Eine Stille, in der Kim nur noch ihren eigenen Herzschlag hören konnte. Jetzt war es so weit! Jeden Moment würde die Großmutter in lautes Gezeter über ihre misslungene Enkelin ausbrechen und sich zusammen mit Schwester Annegret die scheußlichsten Strafen ausdenken.

Aber dann sagte die Großmutter etwas, mit dem Kim im Traum nicht gerechnet hatte.

«Ja natürlich war ich das, die angerufen hat», sagte sie. «Sie haben doch selbst mit mir gesprochen!»

Kim traute ihren Ohren nicht. Konnte es wirklich wahr sein, dass die Großmutter mitspielte?

Es konnte!

«Vielleicht nächste Woche wieder», sagte die Großmutter jetzt. «Es kommt ganz darauf an, wie es Kimberlys Großvater geht. Kimberly ist mir eine große Unterstützung, wenn es um ihren Großvater geht. Das Kind trägt enorme Verantwortung. Genau wie mein Wohltätigkeitsclub, der Ihre Schule jährlich mit einer nicht zu unterschätzenden Summe unterstützt. Ich denke, da kann ich doch wohl verlangen, dass Sie nachsichtig mit Kimberly sind. Auch, was ihre Lese- und Rechenschwäche angeht?»

Die Großmutter hatte die Frage nicht wirklich wie eine Frage gestellt. Und Schwester Annegret am anderen Ende der Leitung hatte nicht wirklich die Möglichkeit, sich eine Antwort auszusuchen. So, wie die Großmutter gefragt hatte, konnte Schwester Annegret nur eines sagen: Jawohl!

«Wir verstehen uns also, wie schön!», sagte die Großmutter und legte zufrieden den Hörer auf.

Als Kim sich räusperte, wirbelte die Großmutter erschrocken herum.

«Wie lange stehst du schon da?», fragte sie spitz.

«Lange genug», sagte Kim. «Ich habe ganz genau gehört, dass du mich nicht verpetzt hast. Das war sehr nett von dir.»

«Das war nicht nett», winkte die Großmutter ab,

«das war bitter nötig. Ich habe schließlich einen Ruf zu verlieren!»

Das sah der Großmutter mal wieder ähnlich. Da war sie ausnahmsweise mal wirklich nett und konnte es doch nicht zugeben.

«Ach so», sagte Kim enttäuscht. «Es ging also nur um deinen Ruf.»

«Allerdings!», sagte die Großmutter. «Dir zuliebe hätte ich dich wohl besser auffliegen lassen sollen. Du musst lernen, dass alles im Leben Konsequenzen hat. Und dass es keinen gibt, der die an deiner Stelle ausbügeln kann.»

Die Großmutter hatte jetzt richtig Fahrt aufgenommen und ging in großen Schritten auf und ab.

«Verantwortung!», rief sie. «Das ist das A und O. Du siehst ja, wohin es führt, wenn jemand keine Verantwortung übernehmen kann. Deine Mutter ...»

Weiter kam die Großmutter nicht.

«Mama», unterbrach Kim sie wütend, «die hätte sich nie um ihren Ruf gekümmert. Die hätte sich um mich gekümmert. Sie hätte mir zugehört. Ihr hätte ich erzählen können, dass die anderen Mädchen in der Klasse nichts mit mir zu tun haben wollen. Dass mich alle auslachen, weil ich nur drei

Buchstaben kann. Dass Schwester Annegret eine ganz und gar nicht nette Nonne ist. Aber dir kann man gar nichts erzählen. Weil du gar nicht zuhören willst. Du weißt immer schon vorher alles besser. Und dabei weißt du gar nichts. Du interessierst dich überhaupt nicht für mich. Du magst mich ja nicht mal!»

«Aber ...», stammelte die Großmutter.

Doch Kim war noch nicht fertig.

«Und weißt du was?!», rief sie. «Ich mag dich auch nicht. Ich kann dich nicht die Bohne leiden. Ich will gar nicht bei dir sein. Ich will bei Mama sein!»

Und weil es jetzt ganz plötzlich ziemlich feucht in Kims Augenwinkeln wurde, Kim aber überhaupt keine Lust hatte, der Großmutter auch nur die kleinste Träne zu zeigen, und weil Kim sowieso keine Lust hatte, die Großmutter länger anzugucken, sondern viel lieber an das liebe Gesicht von Mama denken wollte, kniff sie feste die Augen zu.

Eine von Mamas Sommersprossen nach der anderen stellte Kim sich vor. Die roten wilden Haare. Die Kette aus Muscheln. Die goldenen Kreolen in den Ohren. Aber so sehr Kim auch überlegte, weder Mamas Nase noch Mamas Lachen, noch

Mamas wunderschöne Augen wollten Kim einfallen. Wie eine Wilde stöberte Kim in ihrem Kopf, warf Gedanken von links nach rechts, von oben nach unten, aber es blieb dabei: Mamas Gesicht war verschwunden.

«Du hast mir Mama weggenommen!», rief Kim, riss die Augen wieder auf und funkelte die Großmutter böse an. «Wegen dir ist Mama verschwunden!»

Und noch ehe die Großmutter irgendetwas dazu sagen konnte, war Kim auch schon an der Tür und rannte, Rasputin auf den Versen, durch die Halle und dann aus dem Haus.

Ohne Pause liefen die beiden so schnell sie konnten, bis sie Amadous kleines Geschäft erreicht hatten.

«Amadou!», rief Kim, stolperte in den Laden und fand Amadou auf einer wackeligen Leiter beim Einräumen von geflochtenen Körben in das oberste Regalbrett.

«Du bist aber schnell zurück!», lachte Amadou. «Hast du was vergessen?»

«Ja!», sagte Kim und konnte die Tränen jetzt nicht mehr zurückhalten. «Ich habe Mama vergessen. Den ganzen Weg lang habe ich versucht, sie mir vorzustellen, aber ich kann sie nicht mehr sehen.»

«Uiuiui», sagte Amadou, kam von der Leiter geklettert, zog ein kunterbuntes Taschentuch aus der Hosentasche und hielt es Kim vor die Nase. «Kein Grund zu weinen, Kim Krabbenherz. Du hast deine Erinnerung an deine Mutter nicht vergessen. Es ist nur so viel anderes in deinem Kopf, das die Sicht versperrt. Du musst Platz schaffen, dann siehst du deine Mutter wieder ganz klar vor Augen.»

«Wirklich?», fragte Kim.

«Wirklich!», sagte Amadou, setzte Kim auf einen handgeschnitzten Elefantenhocker und drückte ihr sanft die Augen zu. «Wirf alles weg, was in deinem Kopf überflüssig ist.»

Und das tat Kim. Wie die Großmutter in der Bar nahm sich Kim einen großen blauen Sack zu Hilfe und stopfte alle überflüssigen Gedanken hinein. Die Gedanken an Vanessa, die Gedanken an Schwester Annegret, die Gedanken an die Großmutter und sogar die Gedanken an Großvaters schnelle Genesung. Als dann wirklich alle überflüssigen Gedanken im Sack waren, fühlte sich Kims Kopf mit einem Mal ganz leer an. Und nachdem Kim eine Weile erleichtert auf die neue Ordnung geguckt hatte, sah sie es plötzlich vor sich: Mamas Gesicht, in allen Einzelheiten, mit jeder Sommersprosse, mit jeder Lachfalte und vor allem mit Mamas wunderschönen Augen.

«Ich hab sie!», rief Kim.

Amadou nickte zufrieden. «Jetzt weißt du, wie du dir das Bild deiner Mutter jederzeit wiederholen kannst.»

«Ja», sagte Kim. «Und als Nächstes zeigst du mir, wie ich mit der Trommel zu ihr fliegen kann.»

Amadou riss die Augen auf.

«Du willst mit der Trommel nach Afrika fliegen?», fragte er ernst. «Weißt du denn, dass das sehr gefährlich sein kann?»

«Weil es in Afrika Tiger gibt?», fragte Kim. «Und giftige Schlangen?»

Amadou schüttelte den Kopf. «Es ist immer gefährlich, mit der Trommel zu fliegen, weil du nie weißt, was du auf deiner Reise sehen wirst.»

«Ich will Mama sehen», sagte Kim.

«In jedem Fall?», fragte Amadou. «Auch wenn das, was du siehst, dir nicht gefällt?»

«In jedem Fall!», sagte Kim. «Ich muss Mama dringend etwas fragen. Sie muss mir sagen, was ich tun soll. Ich weiß alleine einfach nicht mehr weiter.»

«Also gut», sagte Amadou, schloss den Laden ab und breitete auf dem Boden eine Decke aus.

«Bereit?», fragte er dann.

«Bereit!», sagte Kim und legte sich auf die Decke.

Rasputin wickelte sich um Kims Füße, und Amadou klemmte sich die Trommel zwischen die Beine. Dann legte er los.

Der Boden unter Kim wippte im Takt von Amadous Trommel leicht auf und ab. Auch Kims Beine und Arme bebten im Rhythmus. Und sogar in Kims fast leerem Kopf sprang der eine Gedanke, der übrig geblieben war, auf und ab, der Gedanke an Mama.

Und dann passierte es: Plötzlich spürte Kim die Decke unter ihrem Körper nicht mehr, und als sie die Augen öffnete, sah sie, dass sie über dem Boden schwebte, fast so weit oben wie die Körbe auf dem obersten Regalbrett. Von hier sah Rasputin aus wie ein Wollknäuel, und von Amadou waren nur der krause Kopf und die wildtrommelnden Hände zu sehen. Gerade erhöhten sie ihr Tempo und ließen die Wände und die Decke des Ladens mit jedem Trommelschlag durchsichtiger werden. Als sich das ganze Haus in Luft aufgelöst hatte, schwebte Kim wie auf einer Wolke in den Himmel und lenkte mit Händen und Füßen, bis sie schließlich Richtung Süden davonflog.

Das war toll! Das riesengroße Berlin wurde immer kleiner, und dann war es ganz verschwunden. Amadous Trommelklänge wirbelten Kim so hoch, dass sie über den Wolken flog. Ab und zu sah sie links oder rechts ein Flugzeug vorbeifliegen, ansonsten gab es nur den Himmel und die Landschaft, die weit unter Kim vorbeizog. Mal erkannte Kim Berge, dann winzige Städte, später nur noch Wasser.

Erst als Amadous Trommelschläge irgendwann langsamer wurden, verlor Kim an Höhe, schwebte bald ganz dicht über dem Boden und landete schließlich mit den Füßen im Salzwasser an einem wunderschönen Sandstrand.

Statt von Pinien wurde er von riesigen Palmen gesäumt, und statt der kugeligen Fischerboote aus Portugal gab es hier kunterbunte, schlanke Boote, die vorne spitz zuliefen. Alles war an diesem Strand anders als an Kims Strand in Portugal, und doch hatte Kim sofort dieses unverwechselbare Gefühl: das Glück, am Meer zu sein!

Als Kim staunend ein paar Schritte am Ufer entlanggegangen war, entdeckte sie eine kleine Hütte mit einer Veranda, die fast genauso aussah wie Kims Veranda in Portugal. Stufe für Stufe stieg Kim die Treppe hoch. Ihr Herz schlug dabei im sel-

ben Takt wie Amadous Trommel, die immer noch leise über dem Meer klang.

«Mama?», rief Kim und klopfte vorsichtig an die Tür.

Und weil niemand Herein! rief, entschied Kim, einfach einzutreten.

Sie sah es sofort: ein schlafendes Paar in einer Hängematte. Ein noch schokoladenfarbenerer Mann als Amadou und in seine Arme geschmiegt, auf der Brust ein aufgeschlagenes Buch, eine Frau mit sehr roten Haaren und unzähligen Sommersprossen: Mama!

Kim ging ganz dicht an die Hängematte heran, stupste sie ein wenig an und schaute dabei zu, wie Mama und ihr Freund im Schlaf hin- und hergewiegt wurden.

Glücklich sah Mama aus. Sehr glücklich. Und Kim wusste auch, wieso.

«Hast du mich vielleicht vergessen, weil du verliebt bist?», fragte Kim leise. «So, wie Amigo den Großvater vergessen hat. Weil Verliebte alles um sich herum vergessen? Kommst du deshalb nicht zurück nach Hause?»

Natürlich wusste Kim, dass Mama tief und fest schlief. Trotzdem war Kim sicher, dass Mama sie auch im Schlaf hören konnte. Und tatsächlich:

Wenn Kim ganz genau hinguckte, dann konnte sie sehen, dass Mama leicht mit dem Kopf nickte.

Als die Hängematte sich wieder in der Mitte eingependelt hatte, lagen Mama und ihr Freund ganz still da. So still, dass Kim die Sommersprossen auf Mamas Nase zählen konnte. Es waren zwanzig mehr geworden seit dem Tag, als Kim das letzte Mal gezählt hatte. Die Sonne in Afrika schien Mama gutzutun.

«Ich weiß nicht weiter, Mama. Was soll ich denn bloß machen?», fragte Kim leise und gab der Hängematte wieder einen Stups, diesmal einen etwas kräftigeren.

Die Hängematte schwang weit nach rechts. Und als sie wieder nach links zurückflog, rutschte Mama das Buch von der Brust, fiel Kim direkt vor die Füße und lachte ihr mit einem Meer von Buchstaben entgegen.

«Du meinst, ich soll lesen lernen? Du meinst, ich soll mich mit der Großmutter versöhnen und wieder zur Schule gehen?», fragte Kim.

Und weil Mama bei jedem Schwung nach rechts und links entschieden nickte, wusste Kim, dass sie genau das tun sollte, ob es ihr nun gefiel oder nicht.

Und Kim wusste noch etwas: dass ihr Besuch bei Mama so gut wie vorbei war, denn Amadous Trommel hatte an Fahrt gewonnen und dröhnte jetzt laut bis in die kleine Hütte hinein.

«Ich freue mich sehr, dass du so verliebt bist», sagte Kim noch und gab der Hängematte, als ihre Füße vom Boden abhoben, einen letzten Stups.

«Aber ich freue mich noch mehr, wenn du dich bald wieder an uns erinnerst», sagte Kim, als sie bereits fast bis zur Decke der Hütte geschwebt war.

Und weil Mama auch dazu ganz deutlich nickte, war Kim endgültig beruhigt.

Einen letzten Blick konnte Kim noch auf die Hängematte werfen, dann hatte sie so viel Höhe erreicht, dass die Hütte nur noch ein winziger Punkt auf dem weißen Strand war.

«Richtung Norden, zurück ins Kalte», sagte Kim und lenkte mit Händen und Füßen, bis sie die richtige Richtung angepeilt hatte. «Ich muss dringend zur Großmutter, um ihr etwas Wichtiges zu sagen.»

machen lassen

Als Kim klingelte, war es die Großmutter, die die Tür aufmachte. Ohne ein Wort ging sie Kim voraus in den Salon, setzte sich auf das unbequeme Sofa und guckte unbestimmt durch Kim hindurch.

Kim wartete. Darauf, dass die Großmutter mit ihrem Donnerwetter loslegte. Ein ungerechtes Donnerwetter dafür, dass Kim weder artig noch erzogen, noch gebildet war. Vor allem aber ein gerechtes Donnerwetter dafür, dass Kim gemein gewesen war. Niemand, auch nicht die besenstieligste Großmutter, hatte es verdient zu hören, dass man sie nicht die Bohne leiden konnte!

Aber es kam kein Donnerwetter. Nicht mal ein ganz kleines. Die Großmutter seufzte tief, dreimal.

«Setz dich», sagte sie dann und zeigte auf den freien Platz neben sich.

Als Kim Platz genommen hatte, zuckte die Großmutter mit den Schultern und warf Kim einen sehr seltsamen Blick zu, einen, in dem nicht ein einziges Ausrufezeichen, dafür aber unzählige Fragezeichen zu finden waren. So, wie es aussah, wusste die Großmutter das erste Mal, seit Kim sie kannte, nicht weiter.

«Entschuldigung», sagte Kim deshalb. «Es war gemein von mir zu sagen, dass ich dich nicht die Bohne leiden kann.»

Die Fragezeichen in Großmutters Blick tanzten jetzt wild durcheinander. Doch gerade als Kim weitersprechen wollte, schüttelte die Großmutter den Kopf.

«Du musst dich nicht entschuldigen», sagte sie. «Du hast ja nur gesagt, was du gefühlt hast.»

Jetzt war Kim baff.

«Du bist gar nicht böse?», fragte sie unsicher und hatte ganz bestimmt genauso viele Fragezeichen im Blick wie die Großmutter.

«Es war wohl höchste Zeit, dass mir mal jemand die Wahrheit sagt», sagte die Großmutter. «Und außer dir traut sich ja niemand.»

Zentimeter für Zentimeter rutschte Kim jetzt näher an die Großmutter heran. Einerseits, um sich auch ganz sicher nicht zu verhören, andererseits, weil ihr mit einem Mal einfach sehr danach zumute war.

«*Ich* muss mich bei *dir* entschuldigen», sagte die Großmutter. «Ich habe mich dir gegenüber scheußlich verhalten. Aber ich wollte ganz sicher nur ...»

«Mein Bestes?», fragte Kim, als der Großmutter die Worte nicht einfallen wollten.

Die Großmutter nickte.

«Ich wollte einfach nicht noch einmal dieselben Fehler machen wie bei Verena», sagte sie. «Aber dummerweise habe ich wohl nichts aus meinen alten Fehlern gelernt.»

Kim war mittlerweile so nah herangerutscht, dass ihr Knie den Oberschenkel der Großmutter anstieß. Ganz leicht zuckte die Großmutter bei der Berührung zusammen, und Kim dachte schon, sie würde jetzt wieder steif wie ein Besenstiel werden, aber stattdessen sackte die Großmutter ein bisschen in sich zusammen, so als würde sie schmelzen.

«Kimberly», sagte die Großmutter.

«Kim», sagte Kim.

«Kim», nickte die Großmutter. «Ich werde mit Schwester Annegret reden. Sie schuldet mir einiges. Bei den Spenden, die wir jedes Jahr an die Schule fließen lassen, wird sie Nachsicht mit dir haben müssen. Und was Vanessa angeht. Ich kenne ihre Familie. Ein Wort von mir und ...»

«Warte mal», unterbrach Kim die Großmutter

sanft. «Ich weiß, du willst gerade wieder nur mein Bestes. Aber so geht das nicht.»

«Nicht?», fragte die Großmutter verwirrt.

Kim schüttelte den Kopf.

«Ich möchte gar nicht, dass du alles für mich regelst», erklärte sie dann. «Ich möchte viel lieber alles auf meine Weise regeln. Du musst nur eins tun: mich machen lassen.»

«Lassen?», murmelte die Großmutter. «Einfach nur machen lassen?»

Kim nickte. Und über das Gesicht der Großmutter huschte ein Lächeln, das ein bisschen so aussah, als hätte es sich unerlaubt aus dem Staub gemacht.

«Machen lassen kann ich gar nicht gut», sagte die Großmutter.

«Ich weiß», lachte Kim. «Aber wenn du es trotzdem versuchst, wirst du sehen, dass ich meistens ganz gute Ideen habe!»

«Wirklich?», fragte die Großmutter.

«Wirklich!», sagte Kim. «Was das Lesen und Rechnen angeht, da weiß ich zum Beispiel genau, wie ich aufholen kann. Ich hab sogar schon angefangen. Mit dem Großvater. Er hat mir an einem einzigen Nachmittag eine ganze Handvoll Buchstaben beigebracht.»

«Aber dein Großvater ist …», wollte die Großmutter Kim unterbrechen, biss sich aber auf die Lippe, weil ihr das *Lassen* wieder eingefallen war.

«Der Großvater ist ziemlich schlau», beendete Kim Großmutters Satz auf ihre Weise. «Und wenn er mit mir lernt, kann das nur gut für sein Gedächtnis sein. Viel besser als Kreuzworträtsel. Die kann er sowieso gar nicht leiden.»

Noch einmal biss die Großmutter sich auf die Lippe. Und tatsächlich schaffte sie es diesmal, keinen noch so kleinen Kommentar von sich zu geben.

«Und was die Mädchen aus meiner Klasse angeht», erklärte Kim weiter. «Da weiß ich auch schon, wie sie vielleicht doch noch zu meinen zukünftigen Freundinnen werden können!»

«Wie denn?», fragte die Großmutter.

«Ganz einfach! Ich veranstalte eine Party!», rief Kim. «So hat Mama das auch immer gemacht, wenn eine neue Busladung Touristen angekommen ist. Um sich kennenzulernen, muss man zusammen feiern! Deshalb lade ich die ganze Klasse ein, und es gibt Eis am Stiel, ein Lagerfeuer, gegrillten Fisch und laute Musik.»

Jetzt wurde es der Großmutter aber doch zu anstrengend, Kim einfach nur zu lassen.

«Und wo bitte schön soll dieses Fest stattfinden?», fragte sie fassungslos.

«Na, wo wohl?», sagte Kim. «Zu Hause natürlich!»

«Zu Hause?», fragte die Großmutter erstaunt.

Und dann fiel auch Kim auf, dass sie tatsächlich *zu Hause* gesagt hatte und damit nichts anderes als Großmutters Haus in Berlin gemeint hatte.

«Das ist doch mein Zuhause, oder?», fragte Kim.

«Ja, das ist dein Zuhause», sagte die Großmutter, strahlte für einen Moment sehr glücklich, legte dann aber plötzlich die Stirn in tiefe Falten, weil ihr wohl wieder eingefallen war, dass es in ihrem

Zuhause noch nie ein Lagerfeuer und gegrillten Fisch gegeben hatte.

«Du kannst doch auch eine Teegesellschaft veranstalten», sagte sie schnell.

Aber Kim schüttelte den Kopf.

«Lass mich machen», erinnerte sie die Großmutter.

«Ach ja», seufzte die Großmutter.

Und dann mussten beide lachen. Ein richtiges Lachen. Eins, das mitten aus dem Bauch herauskam. So eins, wie Kim es noch nie aus dem Mund der Großmutter gehört hatte.

«Ich denke, ich kann dich doch die ein oder andere Bohne leiden», sagte Kim.

«Und ich kann dich so viele Bohnen leiden, wie es Bohnen in einem Bohneneintopf gibt», sagte die Großmutter.

Und dann passierte etwas wirklich Erstaunliches: Die Großmutter breitete die Arme aus, Kim warf sich mitten hinein und blieb so lange drin, bis sich sowohl ihrer als auch der Herzschlag der Großmutter wieder ein bisschen beruhigt hatten.

«Und jetzt?», fragte die Großmutter dann.

«Jetzt», sagte Kim, «zeigst du mir die Fotoalben, in denen du immer heimlich blätterst.»

«Wie bitte?», fragte die Großmutter und hätte

wohl wieder den Mund zu dem gewohnten säuerlichen Strich zusammengezogen, wenn Kim ihr
nicht mit dem kleinen Finger auf die Nase gestupst
hätte.

«Versuch es doch mal», sagte Kim aufmunternd.
«Du wirst sehen, alles, was schön ist, wird zusammen noch viel schöner!»

Und dann holte die Großmutter tatsächlich die geheimen Alben aus dem abgeschlossenen Fach in Schrank. Und Kim rannte die Treppe hoch und scheuchte Rasputin und den Großvater in den Salon.

«Das Tier ...», sagte die Großmutter bei Rasputins Anblick.

«Rasputin», verbesserte Kim.

«Rasputin», sagte die Großmutter, «darf aber nicht auf das Sofa.»

Und weil Kim fand, dass die Großmutter sich für ihre Verhältnisse schon ganz schön gut im *Lassen* angestellt hatte, gab sie Rasputin ein Zeichen, dass er sich auf den Perserteppich legen sollte. Der sah ohnehin viel gemütlicher aus als das steinharte Sofa.

Kim setzte sich zwischen den Großvater und die Großmutter und nahm sich aus dem Stapel genau das mittlere Album heraus.

In Kims Fingerspitzen kribbelte es vor Aufregung, als sie die erste Seite aufblätterte. Und vor lauter Schreck hätte sie sie beinahe gleich wieder zugeschlagen.

«Das bin ja ich!», rief sie und wusste im selben Moment, dass das gar nicht sein konnte.

Auch wenn sie sich ganz genau auf dem Foto

sehen konnte, das verliebte Paar, das neben ihr zu sehen war, kannte sie nicht.

«Das ist doch Verena!», sagte der Großvater und knuffte Kim amüsiert in den Oberschenkel. «Verena, als sie so alt war wie du.»

Und da wurde Kim klar, dass das verliebte Paar niemand anderes als der Großvater und die Großmutter waren. Kim staunte nicht schlecht: Die Großmutter und der Großvater hatten früher tatsächlich einmal genauso glücklich zusammen ausgesehen wie Mama und ihr schokoladenfarbener Freund.

«Ich weiß noch genau, was für ein Wildfang Verena früher war», sagte der Großvater. «Eines Tages hat sie sich die Schuhe und die Hose ausgezogen und ist mitten im April in den Brunnen vom Kleistpark gesprungen. Die Leute haben vielleicht geguckt, als ...»

Und während der Großvater sich an eine Geschichte aus Mamas Kindheit nach der anderen erinnerte, machte die Großmutter eine erstaunliche Entdeckung: Eine so gute Therapie gegen Vergesslichkeit wie die Fotoalben hatte bisher nicht mal Doktor Dressler finden können.

Und darum blätterten sie so lange Alben durch, bis der Großvater Kim alles erzählt hatte, was er von Mamas Geburt bis zu ihrem achtzehnten Lebensjahr in Erinnerung hatte.

Es war schon nach Mitternacht, als der Großvater seine letzte Geschichte zu Ende erzählt hatte.

«Höchste Zeit fürs Bett», sagte die Großmutter. «Morgen wartet viel Arbeit auf euch! Kim muss jede Menge Buchstaben lernen und ein bisschen Einmaleins.»

«Morgen ist das C an der Reihe!», nickte der Großvater eifrig. «Und das G und das H und das I.»

Und dann beeilten sich alle, dass sie in ihre Betten kamen.

Als Rasputin es sich zwischen Kims Füßen gemütlich gemacht hatte, musste der Schlaf allerdings noch einen Moment auf Kim warten. Sie zog Mamas Zwiebackdose unter dem Kopfkissen hervor und drehte den Deckel auf.

Da waren sie, ihre beiden wertvollsten Schätze: Mamas Briefe und Amadous Geschenk. Kim holte die Voodoo-Puppe aus der Dose und nahm sie fest in den Arm.

«Fühlst du es, Mama?», fragte sie. «Ich drück dich ganz doll. Und deinen Freund auch. Er sieht nett aus. So nett wie Amadou.»

Und irgendwie war es Kim dann, als würde die

Voodoo-Puppe sie ein bisschen zurückdrücken. Das konnte nur eins bedeuten: Mama erinnerte sich genau in diesem Moment an Kim.

«Du musst dir keine Sorgen um mich machen, Mama», sagte Kim. «Ich werde wieder zur Schule gehen. Und mit Großmutter hab ich mich auch vertragen. Sie ist gar nicht so übel. Ich denke, aus ihr kann noch richtig was werden. Wenn du zurückkommst, wirst du dich sicher auch wieder mit ihr verstehen.»

Dann steckte Kim die Voodoo-Puppe wieder in die Dose zurück und streichelte noch einmal kurz über die Briefe.

«Und weißt du was, Mama?», sagte Kim und gähnte tief. «Wenn ich erst lesen kann, werde ich der Großmutter deine Briefe einfach vorlesen.»

Sabine Both,

Jahrgang 1970, lebt und
arbeitet als freie Autorin in
Köln. Sie schreibt Kinder-
bücher, Jugendromane und
Drehbücher fürs Fernsehen.
Eine turbulente Kindheit samt
kleiner Schwester, eine rebel-
lische Pubertät und jede Menge skurriler und wunderbarer
Freunde sorgen dafür, dass
ihr die Ideen nicht ausgehen.
Bereits bei rotfuchs von
ihr erschienen: «Mellis
Teufelchen» (21317).

Cornelia Haas

absolvierte zunächst eine Lehre
als Schilder- und Lichtreklame-
herstellerin. Da sie jedoch
schon immer Bilder schöner
fand als Schilder, ging sie an
die Fachhochschule Münster,
um Graphikdesign mit dem
Schwerpunkt Illustration zu
studieren. Seit einigen Jahren
ist sie nun als freischaffende
Illustratorin tätig. Sie lebt noch
immer in Münster und arbeitet
zusammen mit vielen netten
Kollegen in der Ateliergemein-
schaft Hafenstraße 64.